Albrecht Kaul

Die fremde Schwester

Eine Familiensaga aus dem China
des vorigen Jahrhunderts

Band 2

Albrecht Kaul

Die fremde Schwester

Roman

Eine Familiensaga aus dem China des vorigen Jahrhunderts

benno

INHALT

Sehnsuchtsort am Jangtsekiang 6

Besuch mit Hindernissen 23

Fallende Preise 49

Jiangxi-Sowjet-Republik 64

Zwischen den Fronten 77

Unfreiwillig Mutter 91

Angst und Schrecken 108

Neue Hoffnung und bittere Realität 129

Glossar 153
Zeittafel zu Chinas Geschichte 1840–1949 154
Personen im Roman 155
Literatur 158

Sehnsuchtsort am Jangtsekiang

1930

In der Gelbsteinlagune – dem Ort Hwangshihkang – am Jangtsefluss freuen sich alle am beginnenden Frühling. Im Winter erlebt man hier zwar nur selten Schnee und Frost, aber wenn jetzt die Sonne über dem Fluss aufgeht, wirkt jeder Morgen wie eine neue Schöpfung. Die Rhododendronbüsche treiben starke Knospen aus. In wenigen Wochen werden sie ihre Pracht entfalten und den so typischen Duft der Provinz Hubei verbreiten. Die alten Ginkgobäume strecken vorsichtig ihre herzförmigen Blätter ins Licht und zwischen den Feldern blühen Wildblumen in den schönsten Farben. Überall regt sich neues Leben und die Bauern sind schon früh auf den Feldern.

Nach der Morgenmesse setzt sich Pater Orlando auf die Steinbank vor der Kirche in die Sonne und betet weiter sein Brevier. Mehr und mehr sucht er die Stille vor Gott. Sein persönlicher Diener Tsen weiß, dass er den Pater jetzt nicht stören sollte. Später wird er ihm das Frühstück bringen. Diesen Luxus, den Orlando bisher immer abgelehnt hat, lässt er sich mittlerweile gefallen, weil ihn die Jahre in China mit all dem Leid zu einem gebeugten Mann gemacht haben. Er ist inzwischen 51 Jahre alt.

Was war da nicht alles geschehen? Nach dem Weggang des luxemburgischen Stahlwerksbesitzers Eugen Ruppert wurde es in Han Yang immer chaotischer. Die chinesischen Ingenieure brachten das Werk nicht wieder richtig zum Laufen. Es gab schreckliche Unfälle und die Verletzten waren eine große Herausforderung für die Franziskanerinnen und ihre Helferinnen. Die Unterstützung für das Krankenhaus von Mandarin Tschang fiel weg, und Geld von der Missionsleitung aus Shanghai kam nicht durch. So wurden Medikamente und Verbandsmaterial knapp, immer mehr Patienten starben, weil das Nötigste fehlte. Der befohlene Weggang von Suzanne Ruppert bedeutete auch das Ende der Schule. Schwester Eurike und Lui Nan versuchten sie zwar weiterzuführen, aber weil die Kinder der Europäer fehlten, waren die Klassen zu klein und bei den chinesischen Kindern fehlte die Begeisterung fürs Lernen. Außerdem sollten die älteren Kinder wieder Geld in der Hüttenarbeit verdienen.

Dann kam eine abgesprengte Horde des „Schwurbundes" in Hang Yang vorbei, die beim Aufbau der chinesischen Republik nicht genügend beteiligt wurden, und wollten das Stahlwerk für sich besetzen. Es kam zu Kämpfen der rivalisierenden Republikaner, wobei die abtrünnigen Schwurbundleute sich in das Krankenhaus zurückzogen und Deckung suchten. Mit brutaler Gewalt wurden sie bekämpft, ohne Rücksicht auf die Patienten oder Schwestern zu nehmen. Vier Patienten und zwei Schwestern starben, Orlando entging den blindlings wütenden Soldaten nur deshalb, weil er versuchte, ein Feuer in der Kirche zu löschen. Das rettete ihm zwar das Leben, aber nicht die Kirche – sie brannte bis auf die Umfassungsmauer nieder. Auch vom Krankenhaus waren am Abend nur noch rauchende Trümmer übrig. Eigentlich hätten sie verkohlte Leichenreste aus den Trümmern bergen und beerdigen sollen, aber die Gefahr war zu groß. Noch in der Nacht floh Orlando mit zwölf Nonnen, mit Lui Nan, ihren Kindern und Xiaoju, der ehemaligen Prostituierten, in zwei unversehrten Kohlebooten auf dem Jangtse Richtung Shanghai. Lui Nan war mit ihren Ruderkünsten unentbehrlich.

Zwölf Jahre zuvor

Die Flüchtenden hatten Glück im Unglück. Sie konnten sich mit ihren Booten an ein Dampfschiff anhängen und kamen so gut und sicher voran. Vor allem, als sie von einem Hügel aus beschossen wurden, antworteten die Soldaten auf dem Schiff mit reichlich Gegenfeuer, das die Angreifer verstummen ließ.
In Shanghai war die Missionszentrale mit den in der Sonne weiß glänzenden Häusern im europäischen Stil schnell gefunden und die klägliche Mannschaft kam in ein schon reichlich mit Flüchtlingen gefülltes Haus. Nicht nur Schwestern und Patres aus geschlossenen oder verwüsteten Missionsstationen waren hier, sondern auch viele Kinder aus den Waisenhäusern. Einige Schwestern versuchten Unterricht zu erteilen, aber es war schwierig, weil in den Klassenräumen immer erst die Decken und Matratzen zur Seite geräumt werden mussten. Eurike traf hier auch vier Schwestern aus Maria Herz wieder, aber sie waren kaum wiederzuerkennen. Eine Schwester hockte den ganzen Tag auf einem Stuhl und wippte wie eine Geisteskranke hin und her. Die Nonnen mussten Schreckliches erlebt haben. Über alles wollten sie nicht sprechen, aber sie berichteten, dass die Oberin erschlagen wurde, als sie die Schwestern zu beschützen versuchte. Eine Schwester hatte sich das Leben genommen und von der anderen fehlte jede Spur – ebenso von sechs weiteren geflohenen chinesi-

schen Schwestern. Die Zeit in der Zentrale war eine Belastung – so viel Elend auf einem Fleck! Doch es gab viel Arbeit in der Stadt, die voller Menschen war, die vor Krieg und unsicheren Zeiten aus dem Umland in die scheinbar sichere Stadt geflohen waren. Helfen, trösten, Material beschaffen, selbst sehen, dass man nicht unterging. Pater Orlando versuchte Kontakt zu Eugen und Suzanne Ruppert in Luxemburg aufzunehmen, aber es gelang ihm nicht.

Lui Nan fand in einer Armenküche eine Anstellung und konnte so für ihren Unterhalt und den der beiden Kinder Lui Shen und Deborah sorgen, aber zur Nacht kam sie immer wieder zurück in die sichere Missionszentrale. Deborah, ihre jüngere Tochter, engagierte sich in der Krankenpflege und hatte sich bald mit viel Geschick eingearbeitet. Markus, der einst als Findelkind in die Missionsstation von Pater Orlando gekommen war, konnte nun nicht mehr bei den Frauen bleiben. Er kam in ein katholisches Jungeninternat und wechselte später in ein Priesterseminar. Lui Shen hatte sich nie damit abfinden können, dass ihre Schwester Deborah plötzlich in der Familie aufgetaucht war. Je älter die Schwestern wurden, um so gehässiger gingen sie aufeinander los. Die Mutter Lui Nan stand hilflos zwischen ihnen. Während Deborah sich an der karitativen Arbeit beteiligte und eine Ausbildung als Krankenschwester begann, ging Lui Shen, die ältere Schwester, bald eigene Wege. Gemeinsam mit Xiaoju, der ehemaligen Prostituierten, schloss sie sich der 1921 in Shanghai gegründeten Kommunistischen Partei an und wurde schließlich eine glühende Verfechterin der von Russland gesteuerten Partei, die mehr und mehr um die Macht in China kämpfte. Von einem neuen China war die Rede, von kollektivem Glück, von Wohlstand für alle und von geistiger Freiheit jenseits aller Religionen. In den primitiven Lagern fühlten sie sich wohl, weil alle gleich arm und unerfahren waren. Die Idee von einem Paradies auf Erden schweißte sie zusammen und die täglichen Kampagnen und politischen Parolen nährten den Wunsch, bei den Vordersten der Weltveränderung zu stehen.

Als sich Orlando und die Schwestern dann entschieden, wieder ins Inland zu gehen, um die Missionstätigkeit zu beginnen, sagte der Leiter des Hauses: „Eine Reise nach Hubei ist der kürzeste Weg in die Ewigkeit." Doch von durchreisenden Missionaren wurden keine weiteren Gräueltaten berichtet. Vielmehr betonten sie immer wieder, wie dringend die Tätigkeit der Ordensschwestern und Missionare im Inland benötigt wurde. So wagten sie die Reise flussauf und begannen hier an der Gelbsteinlagune wieder mit der Missionsarbeit.

Inzwischen waren drei Chinesinnen in den Orden eingetreten, was war das für ein fröhliches Erntefest! Die Arbeit hatte sich nicht nur auf Waisenkinder spezialisiert, sondern es gab inzwischen regelmäßigen Schulunterricht und für die älteren Mädchen eine Haushaltsschule. Jungen wurden zu einfachen Handwerkern ausgebildet und die Intelligenten gingen nach Wanzhou auf die höhere Schule. Nicht selten kamen Mütter, die für ihre Söhne unter den Mädchen Schwiegertöchter aussuchten, aber es wurde bei der Mission niemand gezwungen zu heiraten. Einige der Mädchen waren auch von der medizinischen Betreuung und vom klösterlichen Leben so begeistert, dass sie gern Nonne werden wollten. Was hatten sie hier nicht für eine gesegnete Arbeit aufbauen können – wenn da nicht die Überfälle und der ständig drohende Krieg wären …

1930

„Entschuldige, Pater, aber ich muss dich stören", sagt Lui Nan, die leise zu ihm getreten ist. „Wir bekommen morgen den lang ersehnten Besuch aus Luxemburg und es gibt noch viel vorzubereiten. Hilfst du uns dabei? Wir haben eine schöne Aufgabe für dich." Schon ist sie wieder auf dem Weg in die Küche. Aus seinen Gedanken gerissen, schaut er ihr nach und bemerkt – völlig gegen seine sonstigen Gedanken –, wie geschmeidig und jugendlich sie mit ihren 46 Jahren noch aussieht. Schnell bittet er den Herrn um Vergebung für solche Blicke und Gedanken und steht dann auf. „Das ging auch schon mal schneller", sagt er verschmitzt zu sich. Nach drei, vier Schritten geht er wieder sicheren Schrittes und er fragt sich, welche Aufgaben sie wohl für ihn hat.

Lui Nan hat sich zur Wirtschaftlerin in der Gelbsteinlagune entwickelt und hält Haus, Küche und Garten auf Trab. Jetzt also auch Orlando. Er folgt ihr brav in die Küche, wo die gesamte Mannschaft versammelt ist. „Pater Orlando", sagt Schwester Clementine bedeutungsvoll, „wenn alles nach Plan verläuft, bekommen wir morgen den Besuch der Schwestern aus dem Mutterhaus in Luxemburg. Was wir hier an Vorräten haben, ist erbärmlich, und bis ein Versorgungsschiff hier vorbeikommt, das kann dauern. Unser Schwein ist uns ja leider gestohlen worden und die drei Karnickel sind viel zu wenig für ein würdiges Mahl. Geh doch mal durch das Dorf und bitte die Bauern, etwas für unsere hohen Gäste zu spenden." Orlando findet diese Idee nicht sonderlich gut: „Die Leute sind doch so arm, die werden mich verfluchen und hochkantig hinauswerfen." – „Ach was", wirft Lui Nan ein, „die sind doch nur geizig. Wenn sie ihre Feste feiern, da ist auch alles vorhanden, vom fetten Fleisch bis zum selbst gebrannten Schnaps." – „Aber Schnaps wollen wir unseren Schwestern aus Europa doch nicht anbieten, oder?", wirft Orlando ein. Doch er kann sich schon gut vorstellen, dass da eine Fläschchen Hochprozentiges mit organisiert werden könnte – er muss ja nicht für die abstinenten Schwestern aus Luxemburg sein … „Hier nimm den Tragkorb und ein paar geweihte Bilder von der Gottesmutter mit und versuch mal dein Glück." Lui Nan hat schon alles vorbereitet, hilft dem Pater, den Korb auf den Rücken zu nehmen, und erteilt bereits die nächsten Befehle, das nötige Gemüse und Kräuter von den eigenen Feldern der Missionsstation zu holen. Pater Orlando nimmt sich einen knorrigen Stock, denn seine Beine sind doch schon etwas wackelig, und wenn ein kläffender Köter ihm den Weg versperren will, kann er sich damit Respekt verschaffen. Langsam, aber aus dem Alltagsklein befreit, zieht er los. Seine Gebete gehen langsam in Gesänge über und er fühlt sich herrlich frei. Fast tänzelnd geht er über die schmalen Wege hinüber zum Dorf. Öfter bleibt er stehen, zieht die frische Luft in die alten Lungen und genießt das Grün der Büsche und Bäume. Viel zu selten hat er sich von seiner Arbeit um die Kranken, die Schwestern, die Waisenkinder und die Ausbildung der Knaben losreißen können, jetzt bemerkt er das wieder einmal schmerzlich. Umso mehr genießt er es jetzt, blinzelt in die Sonne und stimmt ein Loblied auf die Schöpfung an. Bald hat er die ersten Hütten des Dorfes erreicht. Natürlich kommt ihm ein struppiger Köter entgegen, bellt ihn zornig an, hält aber respektvoll Abstand. Eine gewisse Angst vor dem schwarz gekleideten Mann lässt ihn auf Distanz bleiben. Die Frau arbeitet auf dem Feld, ihr

Mann ist in der schäbigen Kate und repariert irgendein Gerät. Als Orlando sich bückt und in die dunkle Kate eintritt, flüchten zwei Hühner zwischen seinen Beinen hindurch in die Freiheit. „Ni hao! Der Allerhöchste, der Gott des Himmels, sei mit euch, braver Mann."
Der angesprochene Bauer bedeckt schnell seine nackten Beine und wirkt ziemlich hilflos.
„Nin hao, ehrwürdiger Weißer, was führt euch in meine bescheidene Hütte? Gibt es Krieg oder ist sonst ein Unglück im Lande?" „Nein, ich komme, um nachzufragen: Geht es gut? Was macht die Gesundheit? Wie geht es der Frau? Ist die Frühjahrsbestellung schon abgeschlossen?"
„Es geht schlecht, wie immer. Der Rücken schmerzt und die Knie tragen nicht mehr weit. Meine Frau hat auch viele Beschwerden, aber draußen auf dem Feld, wenn sie jammert und klagt, dann höre ich das wenigstens nicht. Sie muss das Feld bestellen, jemand muss es ja machen. Die Kinder sind in die Stadt gegangen und kümmern sich nicht um uns. Die Sitten sind verwildert und die Alten werden nicht mehr geehrt. So etwas Undankbares! Lassen uns einfach mit all der Arbeit hier allein. Wovon sollen wir leben, wenn nicht einmal meine Frau mehr arbeiten kann?"
Der Pater weiß, dass er von den Bauern nichts anderes zu hören bekommt, und geht nicht darauf ein. „Ich komme mit Grüßen der Barmherzigen Schwestern, der Franziskanerinnen. Wir erwarten hohen Besuch aus Europa, Ordensleute, die sich ein Bild von eurem Leben und unserem Dienst machen wollen, um noch besser zu helfen."
„Ich bin nicht krank, ich brauche die Hilfe der Barbaren nicht. Wenn ich mal keine Luft bekomme oder das Wasser nicht fließt, gehe ich zum chinesischen Doktor,

der hat gegen alles ein Kraut oder sticht mir die Nadeln." Orlando spürt wieder einmal die Zurückhaltung der Dorfbewohner gegenüber den Schwestern und ihrer medizinischen Hilfe.

„Aber eure Kinder, die ausgesetzt werden oder keine Eltern mehr haben, die dürfen wir aufnehmen und aufziehen?"

„Lasst sie doch sterben, wenn sie niemand will, dann sollen sie halt sterben, so war das doch immer in China."

„Ach und wenn dich deine Eltern bei uns abgegeben hätten, wäre dir der Tod lieber gewesen? Wir planen ja nicht nur, die Krankenstation und das Kinderheim zu erweitern, sondern überlegen auch, ein Heim zu errichten für alte Menschen, die krank sind und sich nicht mehr allein versorgen können – weil die Kinder so undankbar sind und ihre Eltern vergessen ..."

Ungläubig schaut der Bauer zu Pater Orlando auf, der immer noch vor ihm steht. „Das könnte ich ja nie bezahlen, vielleicht sogar noch für meine Frau?"

„Das braucht keiner zu bezahlen, wir sind die Barmherzigen Schwestern, die ihre Dienste kostenlos anbieten." Jetzt hat er endlich das Stichwort gefunden, um sein Anliegen vorzubringen. „Wir leben von Spenden, also von Geldern, die von den ‚Barbaren' im fernen Europa gesammelt werden, und bieten unsere Hilfen hier ohne Bezahlung an. Na ja, und was unser Acker und Garten hergibt, davon versuchen wir uns zu ernähren – kläglich genug. Und weil wir so hohe Gäste empfangen wollen, reicht es nicht aus, was wir haben. Ich bin hier und erbitte einige Lebensmittel, etwas Reis, ein Huhn, einen gesalzenen Fisch, ein paar Süßkartoffeln, etwas Fett oder Korn für unsere Gäste."

„Ich habe doch schon gesagt, wir haben nichts, wir sind arm und haben selbst nicht genug zu essen."

„Und die beiden Hühner, die vorhin das Weite suchten? Und ist da nicht ein Schweinchen im Stall, was ich grunzen höre?"
Jetzt ist der Bauer aufgesprungen: „Seid ihr von Sinnen, wollt ihr mir das Schwein abschwatzen, meine ganze Versicherung für ein paar gute Tage?"
„Nein keineswegs, so grausam sind wir Barbaren ja nun doch nicht. Aber vielleicht ist vom letzten Schwein noch etwas übrig?"
Mit zwei Eiern und drei Maiskolben im Korb und mit vielen Dankesworten segnet der Pater die Hütte und schwingt vorsichtig den großen Tragkorb auf den Rücken – der Bauer murmelt ein paar kräftige Flüche hinterher. Wenn es so weitergeht, dann kann es lange dauern, bis sich der Korb füllt, denkt Orlando.
An den anderen Hütten geht es ähnlich zu. In einem Anwesen, das aus drei Hütten besteht, riecht es stark nach Alkohol. Hier wird heimlich Schnaps gebrannt und Orlando erinnert sich wieder an seinen Wunsch am Morgen. Tatsächlich kann er mit dem Argument, dass dieses besondere Tröpfchen bis nach Luxemburg bekannt werden wird, dem illegalen Schnapsbrenner eine Flasche abschwatzen.
Etwas besser läuft es bei Xiao im Nachbardorf. Er hatte als junger Mann das Feld und die ärmliche Hütte seiner Eltern übernommen, als diese bei einem Bootsunfall im Jangtse ertranken. Damals war Xiao einfach zu faul, um an den Fluss zu kommen, die Leichen zu suchen und sie ordentlich zu begraben. Vielleicht hätte er sie auch nie gefunden, weil das Frühjahrswetter sehr stürmisch war, doch im Dorf war er damit ein Geächteter, ein Elternmörder, ein Schlangenkopf. Weil er auch zu faul war, die Opferstäbchen anzuzünden, haben ihn die Männer des Dorfes so geschlagen, dass er zum Krüppel wurde.

Seine Hüft- und Armknochen sind nicht wieder richtig zusammengewachsen, weil ihm auch der Medizinmann die Hilfe verweigerte. Zu dieser Zeit war es, als Orlando und die Schwestern die Station bezogen und wieder zum Laufen brachten. Bei einem Besuch im Dorf entdeckten sie Xiao mitten im Dreck seiner Hütte. Sie war voller Exkremente, weil sich Xiao nicht mehr bis zur „Heimlichkeit", wie das „stille Örtchen" in China genannt wird, bewegen konnte, die etwas vom Haus entfernt auf dem Feld stand. Der Abfallhaufen des reichen Nachbarn war näher und dorthin schleifte sich Xiao in der Nacht und suchte sich Lebensmittelreste, die meist verdorben waren. Die Folge waren Krämpfe und Durchfall. Orlando war klar, dass sie hier handeln mussten. Mit zwei Stangen bauten sie eine Trage und nahmen Xiao mit in die Mission. Aber nicht ins Haus, sondern weiter runter zum Fluss. Der Dreck und der Kot waren nicht einfach so abzuwaschen, die völlig verkrustete Schicht wollte nicht aufweichen. Da stieg Clara beherzt ins Wasser, zog Xiao die letzten Fetzen Stoff vom Körper und reinigte ihn mit einer derben Bürste. Nun war ein nackter Mann für die Schwestern nichts Neues, zu viele Kranke hatten sie schon behandeln müssen, aber wie Clara jetzt den Mann am ganzen Körper abschrubbte, das war schon ungewöhnlich. Die anderen Schwestern zogen sich verschämt zurück, nur Orlando blieb und hoffte, dass Clara ihn mal nie so zu fassen bekäme …

Schließlich haben sie Xiao in der Station aufgenommen, ihm ein Gipskorsett angepasst und ihn so weit wiederhergestellt, dass er allein an zwei Stöcken gehen konnte. Eigentlich hätte man ihm die Hüfte und die Arme nochmals brechen müssen, damit sie richtig zusammenwachsen, aber das war außerhalb der Heilkunst der Franziskanerinnen.

Xiao blieb lange in der Mission, lebte richtig auf und ließ sich sogar taufen. Orlando aber machte ihm deutlich, dass er ins Dorf zurückmusste. Dauergäste können sie in der Mission nicht beherbergen.
Für Xiao war es nicht leicht, wieder in das alte Leben zurückzukehren – aber er hatte ja nun ein neues Leben! Mithilfe der Mission richteten sie ihm das Haus wieder her und zum Start zurück in die Dorfgemeinschaft bekam er von der Mission eine Ziege geschenkt, die ihm Milch und Unterhaltung schenkte. Mit Xiao war wirklich etwas anders geworden. Fleißig bebaute er jetzt – wenn auch mit viel Mühe – sein Feld. Bald kamen zwei junge Zicklein dazu, später ein Schwein und für die Feldarbeit sogar ein Büffel. Sein Fleiß wurde nach etlichen Jahren auch von den Dorfbewohnern honoriert, aber dass er immer noch keine Räucherstäbchen für die Eltern entzünden wollte, wurde ihm ständig vorgeworfen. Orlando wusste aber auch dafür einen Rat: „Entzünde doch immer, wenn du zum Allmächtigen betest, ein Stäbchen. Dann ist deine Hütte wie eine Kathedrale voll Weihrauch für den Höchsten. Ihm allein sei Ehre und Er möge deinen Eltern gnädig sein."
Bei ihm also steht Orlando jetzt vor der Tür. Sein lauter Gruß „Der Höchste segne dieses Haus und alle, die darin wohnen" wird von einem fröhlichen „Halleluja" beantwortet. Bald hat sich Xiao aus dem Haus gequält und fällt dem Priester freudig um den Hals. Schnell löst er sich wieder und küsst Orlando die Hände. Eigentlich würde er gern auf die Knie gehen und seinem Priester die Ehre eines Hochwürden geben, aber wenn er in die Knie geht, kommt er nicht mehr allein hoch.
Beschenkt mit zwei Speckstreifen, zehn Eiern und einem Säckchen Mais macht sich Orlando fröhlich auf

die Heimreise, nicht ohne Xiao noch einmal ausgiebig zu segnen. Der Korb ist zur Hälfte gefüllt, da kommt er an einem Haus vorbei und macht einen letzten Versuch. Hier wird ihm nach langen Verhandlungen und dem Versprechen, dass man demnächst im Krankenhaus ein Bett bekommt, eine klapprige Ziege geschenkt. Sie ist so dürr, dass auch Orlando sieht, dass sie krank ist und sicher nicht mehr lange zu leben hat. Mit einem Strick bindet er sie sich um die Hüften, denn er braucht seine Hände für den Stock, auf den er sich jetzt noch stärker stützt als am Morgen; die Knie sind eben nichts mehr gewohnt. Nie hätte er gedacht, dass eine Betteltour so anstrengend sein kann. Die Ziege meckert die ganze Zeit und er muss einige Kraft aufwenden, sie hinter sich herzuziehen. Schließlich legt sie sich einfach hin und ist nicht zu bewegen aufzustehen.

In einer Kate hat er Salz bekommen. Er streicht sich etwas davon auf die feuchte Hand und lässt die Ziege daran lecken. Immer wieder hält er der Ziege die Hand hin und das erweckt ihre Lebensgeister zumindest für einige Schritte. Schließlich hilft auch das nicht mehr. Es wird bereits dunkel und so legt er sich – wie Jesus, der Gute Hirte – das Tier über seine Schultern und trägt es Richtung Missionsstation.

Doch dann ist der Weg versperrt. Durch das Gemecker der Ziege aufmerksam geworden oder weil sie ihn schon im Dorf ausgemacht haben, stehen etliche soldatenähnliche Männer vor ihm und erklären ihn zu ihrem Gefangenen. Er müsse mit ihnen kommen.

Aber so schnell erschüttert den Pater das nicht. „Ich grüße euch mit dem Segen des Allmächtigen. Ich bin Pater Orlando von der Mission der Gelbsteinlagune und wer seid ihr?" Einer, der der Anführer zu sein scheint, antwortet: „Wir sind die Abgesandten von General Lee, dem Anführer der kommunistischen Befreiungsfront von Henan. Wir haben Befehl, Sie gefangen zu nehmen und in die Kommandozentrale zu bringen. Wir wollen von der ausländischen Mission 10.000 amerikanische Dollar Lösegeld, dann sind Sie wieder ein freier Mann."

Orlando weiß, dass solche Entführungen und Erpressungen immer häufiger werden. Jetzt hat es also auch ihn erwischt. „Ich werde mitkommen, wenn es denn sein muss, aber vorher lasst mich zur Gelbsteinlagune gehen. Ich habe wichtige Dinge für unseren Besuch aus Europa. Morgen erwarten wir die Gäste und ich habe einige Lebensmittel für sie, die brauchen sie unbedingt."

„Der will doch nur türmen", rufen einige, aber der Anführer Ko bemerkt: „Das ist ein Christ, der lügt nicht. Und außerdem werden wir in einer Stunde kommen und eure ganze Station plattmachen, wenn Sie nicht wieder hier antreten. Bereiten Sie sich auf eine längere Reise vor!" Orlando greift geistesgegenwärtig in seinen Korb und holt die Flasche Schnaps hervor. „Hier, vertreibt euch die Zeit, bis ich wiederkomme." Mit diesen Worten zieht er den Korken heraus, nimmt selbst einen kräftigen Schluck und reicht Ko die Flasche.

Sofort macht er sich auf den Weg. Die Ziege hatte sich hingelegt und knabbert an einem Strauch. „Die bleibt hier", befiehlt Ko, und Orlando will jetzt nichts mehr riskieren, hebt die Achseln und zieht los. In seinem Kopf hämmert es: Wie könnte ich denen ein Schnippchen schlagen? Auf alle Fälle muss ich zurück, sonst ist die Station in Gefahr, und wenn ich mit ihnen gehe, hilft das vielleicht auch, die Schwestern und die Kinder zu schützen.

Als er den Schwestern verkündet, was vor ihm liegt, weinen einige laut los, andere werfen sich dem Pater

zu Füßen und Lui Nan schreit verzweifelt auf: „Alles ist meine Schuld, warum habe ich den lieben Pater nur in die Dörfer geschickt?" Doch Orlando fasst sie an der Schulter, was er bisher noch nie gemacht hat: „Der Allmächtige weiß, was er tut. Es ist sein Wille, dass ich mit den Kommunisten gehe. Vielleicht rette ich damit unsere schöne Mission vor einem Überfall der Banditen. Ich bin in Gottes Hand und die heilige Mutter wird mich bewahren – und euch auch."
Schnell packt er seine warme Priesterrobe und eine bequeme Hose, rollt alles zu einem Bündel zusammen, in das er auch sein Gebetbuch verstaut. Dann geht er noch einmal an der Toilette am Rande des Gartens vorbei und von dort direkt auf dem Feldweg hinaus aus der Missionsstation. Der Abschied von den Schwestern wäre ihm jetzt zu emotional geworden, er bringt es nicht übers Herz, den Schwestern und den Kindern in die Augen zu sehen. Ihm würden selbst die Tränen kommen.
Kaum ist er einige Schritte von der Gelbsteinlagune entfernt, kommt ihm sein treuer Diener Tsen nachgerannt.
„Was machst du hier? Lass mich allein gehen, ich kann nicht garantieren, dass ich lebend zurückkomme."
„Niemals lasse ich meinen hochwürdigen Herrn allein zu dieser Räuberbande gehen. Ich werde meinem Herrn beistehen, soweit es irgendwie geht."
„Nein", antwortet Orlando schroff, „du gehst sofort wieder zurück, sie brauchen dich morgen beim Empfang der hohen Gäste."
Doch Tsen bleibt nur einen Moment stehen und folgt dann dem Pater mit einigem Abstand. Noch zwei Mal versucht Orlando, ihn zum Aufgeben zu bewegen, aber ohne Erfolg. Gemeinsam erreichen sie die kommunis-

tischen Soldaten, die eher einer Räuberbande ähneln. Sie haben ein Feuer angezündet und die magere Ziege gegrillt. „Wo haben Sie denn diesen Kadaver her? Der ist ja genauso mager wie zäh. Da sind doch die Knochen eines Hundes saftiger." Der Pater zuckt die Schultern und denkt: Geschieht euch recht. Inzwischen ist auch Tsen in den Lichtkreis des Feuers getreten. „Wer bist du, was machst du hier?" Ko greift zu seinem Gewehr und legt auf Tsen an. „Er ist harmlos, lass ihn leben. Er kommt aus der Missionsstation und will mich gern begleiten", beschwichtigt Orlando. Tsen hat vor dem Gewehr keine Angst, spürt aber, in welcher Gefahr sein Herr ist.

„Herr Kommandant, der hochehrwürdige Pater ist krank und er braucht Hilfe. Ich werde mich um ihn kümmern, dass er die Reise gut übersteht – dann brauchen Sie das nicht zu machen. Vielleicht kann ich Ihnen ja auch behilflich sein. Ich bin gut zu Fuß und kenne mich in der Gegend hier aus." Ko sieht zum Pater hinüber, aber der zuckt wieder nur mit den Achseln, als wolle er sagen: Tut mir leid, dass ich so hilfsbedürftig bin.

„Na meinetwegen, aber denke nicht, dass du von uns verpflegt wirst. Und keine Täuschungsversuche, sonst bist du ganz schnell ein toter Mann!"

„Keineswegs, ich bin nur ein unbedeutender Mann, kein Soldat, aber der Diener meines Herren." Mit diesen Worten zieht er eine Matte hervor, die er ausbreitet und Pater Orlando zum Sitzen einlädt.

Der Schnaps hat auch so seine Wirkung gezeigt, von daher wird gleich hier an Ort und Stelle übernachtet. Doch die Frühlingsnacht wird so kalt, dass das Feuer nicht genug Wärme für alle abgibt. Schließlich befiehlt Ko, dass sie in die Missionsstation gehen und dort übernachten werden. Tsen erschrickt zu Tode und flüstert Orlando zu: „Wie können wir das verhindern?" – „Überhaupt nicht, wir werden sie als Gäste aufnehmen." Weit nach Mitternacht kommen sie an. Viele der Schwestern sind noch wach, knien in der Kirche und beten für Orlando und Tsen. Sie staunen nicht schlecht, als Orlando die Kirche betritt. „Ein Wunder, ein Wunder ist geschehen", jubelt Schwester Clara – nur kurz, denn dann erscheint der Kommandant mit einigen Soldaten in der Tür. Orlando und Tsen werden in der Kirche eingeschlossen, die Soldaten suchen sich in Fluren und Schulzimmern ein warmes Fleckchen, einige wählen in einem freien Krankenbett ihr Nachtlager.

Am Morgen haben die Schwestern ein Frühstück vorbereitet – all die schönen Lebensmittel, die für den Besuch aus Luxemburg beschafft worden waren, aber es galt jetzt, die Soldaten nicht zu reizen. Ko hatte ausgegeben, dass kein Mensch belästigt und die Missionsstation auch nicht geplündert wird.

Tatsächlich fehlt nur eine (kaputte) Taschenuhr aus dem Zimmer des Paters – ein Erinnerungsstück an seine Mutter. Aber das bemerken sie erst viel später.

Als die Truppe abzieht, stehen die Schwestern und einige der Kinder Spalier, sodass Ko zu seinen Leuten sagt: „Die Christen wissen wenigstens, was sich gehört. Das werden wir ihnen nicht vergessen."

Besuch mit Hindernissen

Luxemburg, 1930

Der Besuch aus Luxemburg kam nicht an diesem Tag. Schon der Start ging ziemlich schief. Tagelang warteten sie im Mutterhaus in der Belairstraße in Luxemburg darauf, in die päpstliche Villa geladen zu werden, aber nichts tat sich. Nuntius Clemente Micara wollte die kleine Delegation der Franziskanerinnen begrüßen und für ihre Reise nach China einsegnen. Aber der päpstliche Diplomat war auf einer dubiosen Reise und keiner wusste so recht, wann er wieder nach Luxemburg zurückkäme, wo er eigentlich Präsenzpflicht hatte. Die Nonnen wollten nicht mehr länger warten, weil sie auch den Herbststürmen im Indischen Ozean zuvorkommen wollten. So nahmen Sophia, Martha, Benedicta, Euphrasia und Salesia Kurs auf Rom; dort würde sich schon jemand finden, der die nötige geistliche Autorität besaß und den Reisesegen sprechen konnte. Der Umweg über Rom verzögerte die Einschiffung in Marseille, aber im Gästehaus der Weißen Franziskanerinnen am Hang über dem Meer konnten sie ihr reichliches Reisegepäck schon mal unterstellen.
Im Vatikan war man sehr überrascht, als da plötzlich fünf Nonnen vor den Toren standen, die einen Segen haben wollten. „Geht nach Hause, nach Luxemburg zurück, dort ist der Nuntius Micara, der dafür berufen und bevollmächtigt ist." Doch da hatten sie nicht mit dem Widerstand der Nonnen gerechnet. „Er hat seine Pflichten verletzt und war für uns nicht zu erreichen. Deshalb sind wir bis hierhergekommen, aber ihr seid

hier wohl auch nicht besser als der nichtsnutzige Micara von Luxemburg? Wenn wir fünf Patres wären, hättet ihr wegen uns eine Messe im Petersdom angesetzt, aber wir sind ja nur Nonnen!" Schwester Sophia war vor Erregung ganz rot im Gesicht. Schwester Benedicta legte ihr die Hand auf die Schulter und fragte höflich nach einem Präfekten, der für die Heidenmission zuständig war. Doch auch im Vatikan ging nichts sofort und von jetzt auf gleich. Sie sollten in drei Tagen wiederkommen. Schwester Salesia war dafür, sofort wieder zurück nach Marseille zu reisen, aber die anderen wollten nicht ohne autorisierten Segen des Heiligen Stuhls auf die weite und ungewisse Reise gehen.

Als sie am Morgen des 5. Mai 1930 den Petersplatz überquerten, waren sie sich nicht sicher, wie dieser Tag ablaufen würde. Sie wurden aber schon erwartet und zwei Soldaten der Schweizergarde begleiteten sie direkt in den päpstlichen Palast. Dort empfing sie ein ehrwürdiger Mann in europäischem Anzug und sagte: „Ich bin Kongregationsrat für die Evangelisierung der Völker. Der Heilige Vater möchte euch sprechen. Seid ihr dazu bereit?" Schwester Martha stöhnte auf: „O nein, da will ich vorher aber noch irgendwo beichten." Salesia pflichtete ihr bei. Doch der päpstliche Rat lächelte höflich: „Keine Bange, liebe Schwestern, noch steht ihr nicht vor dem Allmächtigen, nur vor seinem Stellvertreter. Wenn ihr den Segen des Heiligen Vaters empfangt, dann ist das schon wie eine Absolution." Zitternd folgten sie dem hohen Beamten durch statuengefüllte Gänge, durch Zimmerfluchten voller wertvoller Ölgemälde und schließlich, nachdem sich eine hohe schwere Tür öffnete, standen sie direkt vor dem Heiligen Vater, Papst Pius XI. Sein Stellvertreter, Eugenio Pacelli, war ebenfalls anwesend und blickte geringschätzend auf die

Besucher. Der Päpstliche Rat stellte die fünf kurz vor – ihre Namen, dass sie von Luxemburg kämen und auf dem Weg nach China seien.

Die fünf Nonnen waren unfähig, eine Bitte oder Frage zu formulieren. Sie waren sich unschlüssig, ob sie dem Papst die Hand küssen mussten oder lieber den Abstand beibehalten sollten. Noch standen sie dem Papst und den anderen beiden Herren in respektvoller Entfernung gegenüber. Pacelli wirkte auf die Frauen unnahbar, aber der Papst blickte sie mit gütigen Augen an, winkte sie näher zu seinem Schreibtisch und sagte: „Ich bin sehr erfreut, die Schwestern kennenzulernen, die sich auf den Weg nach China machen. Die Kirche ist sehr interessiert, die Millionen Heiden in dem fernen Land zu erreichen. Viele Bemühungen der Jesuiten haben wenig Erfolg gehabt, jetzt sind es die Franziskanerinnen, welche die Heiden mit Liebe und sozialer Hilfe für das Evangelium gewinnen. Bestätigt den Schwestern auf dem Missionsfeld, dass der Vatikan sie mit Gebeten und guten Wünschen begleitet. In meinen Gebeten haben die Missionarinnen der Liebe einen festen Platz." Die Nonnen wagten kaum, den Heiligen Vater anzusehen. Sie hatten die Hände gefaltet und waren immer noch unfähig, etwas zu sagen. Pacelli erinnerte den Papst an die vielen Verpflichtungen dieses Tages und mahnte mit einer dezenten Handbewegung zur Eile. Schwester Benedicta setzte an, einige Details zur Reise zu erklären, da unterbrach sie der Papst: „Kommt hier auf die Kniebänke, ich möchte euch den Segen des Heiligen Stuhls zusprechen." Mit aufrechtem Rücken und tief gebeugtem Kopf knieten sie im päpstlichen Arbeitszimmer auf rotem Samt und hörten den Heiligen Vater aller Katholiken der Welt und den Stellvertreter Gottes auf Erden viele Formeln, Bibelworte und konkrete Wünsche sprechen. Dann hielt er ihnen tatsächlich die Hand hin und sie küssten vorsichtig den Ring. Nur Salesia nahm sie in ihre beiden Hände und konnte ihre Tränen nicht zurückhalten.

Aber dann drängte auch der Kongregationsrat auf ein Ende der Audienz und als die Nonnen auf dem Petersplatz, in der Sonne standen, kam ihnen alles wie ein Traum vor. Martha riet dazu, dem Petersdom noch einen Besuch abzustatten. Nicht so sehr aus touristischem Interesse, mehr dazu, noch einige Gebete zu sprechen. Sie waren ja in der Zentrale der Weltchristenheit und hatten eben den Heiligen Vater persönlich erlebt. Die vielen Besucher und Touristen beachteten sie nicht. Erfüllt von dem eben Erlebten, gaben sie sich ganz der Anbetung und dem fernen Orgelklang hin. Dennoch waren sie überwältigt von der Größe und der prunkvollen Ausstattung der wichtigsten Kirche der Welt.

Zurück in Marseille wollten sie nicht an Bord des Schiffes gehen, ohne die Kathedrale Notre Dame de la Garde besucht zu haben. Mit der fast zehn Meter hohen Muttergottesstatue auf dem höchsten Hügel der Stadt hat Marseille ein Wahrzeichen besonderer Art. Hunderte von Missionarinnen und Missionaren wurden von der Mutter Gottes segnend hinaus auf das Meer begleitet, andere kamen erfüllt von Wundern oder Schrecken der Welt zurück in ihre Arme. Nach dem schweißtreibenden Aufstieg über die 260 Stufen empfing sie angenehme Kühle in dem riesigen Gotteshaus. Viele Auswanderer, Abenteurer und eben auch Missionare knieten an Seitenaltären oder auf kunstvoll geschnitzten Bänken und flehten um eine behütete Reise, eine glückliche Heimkehr oder sie versuchten, Maria ihren Schmerz darüber anzubefehlen, dass sie ihre Lieben in der Heimat vielleicht nie wiedersehen würden.

Wie viele Märtyrer hatten hier ihre letzten Stunden auf heimatlichem Boden verbracht und waren dann in die große Unsicherheit aufgebrochen?

Die Nonnen blieben noch zur Mittagsmesse und wie durch eine besondere Fügung Gottes wurde der Text aus dem Johannesevangelium, Kapitel 15, gelesen: „Fürchte dich nicht, du kleine Herde. Nicht ihr habt mich erwählt, sondern ich habe euch erwählt, dass ihr hingeht und Früchte bringt."

Im Gästehaus der Franziskaner waren viele ausreisende Missionare zu Gast, aber dann gab es eine böse Überraschung. Ein Telegramm war angekommen, das alle sprachlos machte: „Bischof Trudo Jans, die Missionare Bruno van Weert und Ruppert Fynarets nebst mehreren chinesischen Christen von kommunistischen Banden ermordet. Station in West-Hubei geplündert." Einfach so, nüchtern und endgültig. Keiner sagte ein Wort, jeder blickte vor sich auf den Boden. Schließlich brach Missionar Rittol das Schweigen: „Monsignore Jans ist unser Bischof. Genau nach West-Hubei wollen wir reisen, das ist unser zugedachtes Missionsgebiet." Wieder Schweigen. Keine Fragen, keine Ratschläge, keine heroischen Worte. Später trafen die Schwestern Pater Rittal auf dem Schiff von Singapur nach China wieder. Nach drei Tagen fanden sie ein Dampfschiff, das sie über das Mittelmeer bis Alexandria brachte. Von Alexandria sollte es dann mit dem Zug nach Suez gehen. Man hätte auch den Suezkanal nutzen können, der bereits 1869 eingeweiht wurde, aber die Passage war so teuer, dass viele der Reisenden dritter Klasse wie auch die Ordensfrauen lieber den trockenen Weg durch die Wüsten Ägyptens wählten. Für alle fünf Nonnen war es die erste große Schifffahrt und wenn sie bisher bei Mittelmeer an Sonne, Strand und sanfte Wellen gedacht hatten, wurden sie aus ihren Urlaubsträumen unsanft geweckt. Das Meer zeigte sich von seiner hässlichen Seite und die Überfahrt wurde so stürmisch, dass ihnen allen übel wurde. Sophia, Martha, Benedicta und Salesia wurden schrecklich seekrank, sodass sie keine Nahrung bei sich behalten konnten. Sie verbrachten zweieinhalb Tage mit zunehmender Aversion gegen jegliche Lebensmittel. Nur Euphrasia überstand die Berg- und Talfahrt durch die Wellen ganz gut, weil sie sich meist auf dem Oberdeck aufhielt und den Brechern am Fenster Auge in Auge gegenüberstand. Erst kurz vor Alexandria glättete sich das Meer und zeigte mit Unschuldsmine seine sprichwörtliche blaue Sonnenseite. Viele der Passagiere stiegen auffallend blass im Gesicht vom Schiff und waren froh, wieder festen Boden unter den Füßen zu haben.

Weiter ging es mit dem Zug. Die fünf Ordensfrauen bestiegen den Waggon zweiter Klasse mit ihrem reichlichen Gepäck. Ohne Träger und Helfer war das nicht möglich. Benedicta bewachte im Hafen die Kisten und Körbe, Salesia verteilte die Last auf mehrere Träger und Martha nahm alles im Waggon in Empfang, Sophia bezahlte die Träger und hatte damit die meiste Mühe, da sich mit jedem Gepäckstück der Preis erhöhte – aber nicht mit Sophia!

Das Rumpeln auf den Schienen war zwar nicht so anstrengend wie die Wellen, aber die Hitze der Westarabischen Wüste drückte unbarmherzig in die Waggons. Feiner Wüstenstaub setzte sich an der Kleidung fest und drang mitunter bis auf die Haut durch. Ventilatoren gab es nur in der ersten Klasse. Ein Handlungsreisender versicherte ihnen, dass die Hitze am Roten Meer noch unerträglicher sein würde. Unterwegs stürzten plötzlich alle an die Fenster der linken Seite, als unweit der Bahnstrecke eine Kamelkarawane vorüberzog. Beschwerliches Umsteigen in Kairo und dann weiter bis nach Suez.

Das nächste Schiff, ein wahrer Ozeanriese, brachte sie dann von Suez bis nach Ceylon. Wie ein zehnstöckiges Wohnhaus lag die schwimmende Stadt am Kai von Suez. Der stolze Dampfer war auf den Namen „Porthas" getauft und wurde nun zur Lounge oder zum Gefängnis für die Reisenden. Für Salesia war es eher ein Gefängnis, denn kaum hatte das riesige Schiff den Golf von Suez hinter sich gelassen, begann die schwimmende Stadt, sich den Wellen hinzugeben. Nicht so stürmisch wie im Mittelmeer, aber dafür waren die Zyklen zwischen Anheben und Absenken länger und legten sich wieder unweigerlich auf den Magen.

Ein erfahrener Handlungsreisender nahm sich der Schwestern an und erklärte ihnen, dass die Seekrankheit eine Sache des Willens sei. „Das Schaukeln des Schiffes ist nicht zu verhindern; alle Möbel und Aufbauten tun es getreulich mit und auch der Mensch sollte es tun. Die Schwierigkeit ist nur die, dass, wenn plötzlich der gewaltige Kasten nach einer Seite hin schwankt, man das unheimliche Gefühl bekommt, man versinke in der Tiefe. Sofort regt sich ein Widerstand, man möchte aufrecht bleiben – und das ist das Verkehrteste. Man muss in dem Augenblick seinen ganzen Willen aufbieten, sich von den Wogen tragen zu lassen, bald nach rechts, bald nach links, bald vorwärts, bald rückwärts. Loslassen, sich den Elementen überlassen – das müssten Sie doch als Christen vom Glauben her eingeübt haben …" Euphrasia, die immer noch tapfer aufrecht blieb, ermutigte die anderen öfter: „Loslassen, den eigenen Willen loslassen, nicht das Frühstück."

Die Strecke durch das Rote Meer war verhältnismäßig ruhig, aber die Hitze fast unerträglich. In ihren beiden Kabinen machten die Nonnen sich schon etwas luftig, aber wenn sie mit Kutte und Haube zum Essen oder auf das Deck gingen, ernten sie viele mitleidige Blicke. Im Speisesaal herrschte zwar Etikette, aber auf dem Deck sonnten sich Damen und Herren in freizügiger Badebekleidung. Den Schwestern war das schließlich so zuwider, dass sie sich auf dem Ankerdeck trafen. Dort waren sie ungestört, konnten ihre Gebetszeiten halten und genossen den leichten Wind, auch wenn der oft 40 Grad und heißer war. Von den Matrosen wurde das Ankerdeck bald „Pinguinnest" genannt. Doch die Schwestern waren beliebt, weil sie sich unauffällig verhielten, bescheiden auftraten und hier und da auch kleine medizinische Hilfen anboten.

In Ceylon wurde das Schiff gewechselt. Ihr neues Schiff war noch nicht von der Fahrt zurück; es kämpfte irgendwo im Indischen Ozean gegen einen Taifun. Das verschaffte den Reisenden eine Pause an Land. Es gab auch in Ceylon eine Niederlassung der Franziskaner, wo die Schwestern unterkommen konnten. Ihr Gepäck hatten sie im Hafen untergestellt, aber als der leitende Pater das erfuhr, organisierte er schnell ein Auto und es ging schnell hinunter zum Hafen. „Wir wollen mal sehen, ob wir da noch etwas retten können", sagte er. Mit dem Kleintransporter ging es direkt in die weiträumige Lagerhalle. Es herrschte ein einziges Durcheinander; Lastenträger, Eselskarren, Kamele, Rikschas, schwitzende und fluchende Farbige, Inder, Chinesen. Nur wenige Weiße, die meist als Aufseher und Verwalter das Gewühl noch chaotischer machten. Das Gepäck der Ordensfrauen war schon nicht mehr an dem Fleck, wo sie es abgestellt hatten. Der Pater hatte so seine Erfahrungen. Er teilte die Schwestern ein: Sophia und Martha suchten mit ihm zusammen die riesige Menge der Kisten, Ballen, Körbe und Koffer durch. Euphrasia, Salesia und Benedicta wurden losgeschickt, die abfahrenden Gefährte zu kontrollieren. Tatsächlich gelang es ihnen, drei eindeutig zu ihnen gehörende Kisten auf einem Eselskarren ausfindig zu machen. Natürlich unter dem lauten Protest des Kulis, der von einem dicken Inder angetrieben wurde. Rein körperlich waren die drei Schwestern ihnen nicht gewachsen – also was tun? Euphrasia band mit ihrer Kordel dem Esel schnell die Vorderbeine zusammen und Salesia rief laut nach der Polizei. Der Auflauf, der nun entstand, brachte etwas Abwechslung in das Durcheinander. Es bildeten sich zwei Parteien. Die einen hielten zu den Ordensfrauen, die anderen wollten den Ablauf im Lagerhaus nicht gestört sehen und fanden es einfach frech von der Nonne, den Esel so rabiat zu stoppen. Schließlich kamen zwei Polizisten mit Salesia zurück und nach langem Hin und Her konnten die Schwestern ihr Gepäck an sich nehmen, ohne dass die Diebe zur Rechenschaft gezogen wurden. Schließlich kam auch der Pater mit Sophie und Martha dazu. Die Inventur ergab, dass nur eine Kiste fehlte. Es musste die mit der Ersatzkleidung der Nonnen sein. „Na, der Dieb wird Augen machen, wenn er die Kiste öffnet …", war der schadenfrohe Kommentar von Benedicta. Salesia sagte: „Wir werden ihm heut Abend in der Messe vergeben."

Die „Anastasia" war kein so großer Ozeanriese wie die „Porthas", dafür aber schmutzig, rostig und ziemlich heruntergekommen. Der Pater, der die Schwestern samt Gepäck wieder zum Hafen gebracht hatte, entschuldigte sich für den Zustand des Schiffs, aber hier im südpazifischen Meer musste man froh sein über jede

Möglichkeit, heil an ein anderes Ufer zu kommen. Singapur hieß das neue Ziel.

Im Süden war es üblich, sich vor der Reise mit Proviant einzudecken, denn man wusste nie, wie es um die Kombüse auf diesen Schiffen bestellt war. Während der Pater mit drei Schwestern große Taschen mit Lebensmitteln füllte, bewachte Sophia mit Benedicta das Gepäck. Da kam ein flinker Chinese oder Koreaner zu ihnen: „Ich gute Kleidung für Nonnen. Extragute Qualität aus Europa. Wollen kaufen gute Kleidung?" Ein Blick zwischen den beiden sagte alles. „O ja, zeigen Sie mal, was Sie da Gutes zu verkaufen haben!" Der „Händler" hatte eine ihnen wohlbekannte Kiste auf der Rikscha und öffnete den Deckel. Tatsächlich, es waren ihre Ersatzroben. „Extragute Ware, sehr billig, nur 50 Dollar für die ganze Kiste." Sophia blickte sich um, ob sie irgendwo einen Polizisten erspähen konnte, aber von ihrem Standpunkt aus, nahe der Reling, war keiner zu sehen. Krampfhaft überlegte sie, wie sie jetzt an ihre Kleidung kommen konnten. Die Idee, nach einem Polizisten zu laufen, verwarf sie, weil dann Benedicta mit dem Ganoven allein gewesen wäre.

„Bist du ein Schneider, dass du so gute Kleidung auf Lager hast?"

„O nein, nein, ein Schiff von Europa vor Bombay gekentert, im Sturm. Alle Seeleute tot, ich gerettet die Kiste. Sehr gute Ware und viel billig."

Sophia antwortete: „Wir haben sehr wenig Geld, wir können nicht kaufen. Schenke uns doch die gerettete Kiste, die Heilige Mutter wird es dir danken."

„Nein, ich muss verkaufen. Habe 14 Kinder, alle Hunger, brauche Geld. Gib mir 40 Dollar oder 35."

Es begann ein lebhafter Handel, bei dem Sophia in ihrem Element war. Schließlich waren sie bei fünf Dollar angekommen und der „Händler" wuchtete die Kiste von der Rikscha und verschwand schnell in der Menge. Sophia war zufrieden und Benedicta bewunderte ihre Mitschwester für so viel Verhandlungsgeschick. Bei sich dachte sie: Wie kann man nur einem armen Familienvater den Preis so brutal herunterhandeln? Als die anderen zu ihnen zurückkamen, verkündete Benedicta, dass die Kiste mit der Kleidung wieder bei ihnen sei. Sie erzählte die Geschichte ausführlich, bis der Pater resigniert einwarf: „Fünf Dollar statt einer gehörigen Tracht Prügel. Zu schade, nun wird er morgen wieder klauen."

Die „Anastasia" erwies sich als ein schnelles Schiff, das aber kaum Annehmlichkeiten zu bieten hatte. Die Kajüten waren von zwei Betten (erste Klasse) über fünf Betten (zweite Klasse) bis zu Mannschaftssäle mit bis zu zwölf Betten ausgestattet. Laut war es auf allen Decks. Die Dampfmaschinen hämmerten Tag und Nacht und wenn Wellengang dazukam, dann wurde der ganze Kahn erschüttert und quietschte. Der Speisesaal war den Passagieren der ersten und zweiten Klasse vorbehalten und das Essen war erstaunlich gut und abwechslungsreich. Die in Ceylon eingekauften Lebensmittel verteilten die Schwestern unter den Passagieren der dritten Klasse, die sich an bereitgestellten Petroleumkochern ihr Essen selbst zubereiten mussten. Manches gute Gespräch entwickelte sich über den unverhofften guten Gaben. Für ihre Gebetszeiten und Gottesdienste blieb auf diesem Schiff nur die Fünferkajüte, in der sie nicht einmal ausreichend Platz hatten, sich hinzuknien. Der Indische Ozean zeigte sich viel freundlicher als erwartet.

Als sie Singapur erreichten, blieb keiner in seiner Kabine. Man hatte schon viel von dieser englischen Kronkolonie gehört, aber dass es bereits weit vor der Hafeneinfahrt so quirlig war, erstaunte alle.

Tropische Inseln, Pfahlbauten, Schiffe aller Art, unzählige Hausboote und je weiter sie auf die Stadt zufuhren, desto mehr Kolonialbauten, prächtige weiße Unternehmervillen und Hotels sah man. In den Buchten des weitläufigen Ufers lagen Hunderte, wenn nicht Tausende von kleinen Booten. Sie lagen so dicht aneinander, dass die Ausfahrt auf das freie Wasser genau geregelt werden musste. Diejenigen, die an der äußeren Kante des Bootsgetümmels lagen, kamen zwar schnell zur freien Fahrt aufs Wasser, aber um an Land zu kommen, musste man über unzählige fremde Boote gehen. Es heißt, dass mancher Hausbootbewohner noch nie an Land gewesen sei. Vor dem Hafen lagen schwere Lastkähne und Transportschiffe aller Größe, zwischen denen sich unzählige kleine Zubringerboote und Dschunken wie Ameisen emsig hin und her bewegten. Ein größerer Kahn zog die Aufmerksamkeit der Europäer auf sich. Er war etwa zwanzig Meter lang. Ein Mann hockte am Steuer und zwei andere Männer liefen mit langen Stangen auf beiden Bordwänden entlang. Sie liefen von vorn nach hinten, stakten die Stäbe ins Wasser und liefen dann auf das Heck zu. So schoben sie den Kahn mit ihren Füßen vorwärts, bis sie am Heck angekommen waren. Dann ging es schnell zurück an den Bug und das gleiche Spiel begann von vorn, bis der Kahn an seinem Ziel anlangte. Es war ein Ganzkörperjob.

Ein Zwischenstopp war in Singapur nicht vorgesehen, aber da wieder einmal das Anschlussschiff nicht rechtzeitig angekommen war, blieben fünf Tage, um sich die asiatische Stadt anzusehen. Den Nonnen kam es wie ein Urlaubsparadies vor. Schon die Landungsbrücke der Überseeschiffe war ein prächtiger Bau und erinnerte an einen mondänen Badeort. In der Stadt gab es überall Palmen und tropische Blumen, Hecken an den Straßen, die aus blühenden Sträuchern bestanden, an den Blüten kleine, mittelgroße und auffällige Schmetterlinge. Überwältigt waren sie von den riesigen Fächerpalmen, die vor herrschaftlichen Häusern Schatten spendeten. Die gut gekleideten Menschen auf den Straßen und Geschäften waren meist Engländer in verspielter, europäischer Sommerkleidung, aber es hieß, dass Chinesen die stärkste Bevölkerungsgruppe in Singapur seien. Einer bot sich als kostenloser Fremdenführer an und erzählte in gebrochenem Englisch die schauerlichsten Geschichten über einige Häuser, Gefängnisse, Erdbebenkatastrophen, Seuchen und Heldengeschichten zu den Standbildern, die sie unterwegs sahen. Da die Stadt sehr weitläufig war, bot er an, mit Rikschas die Besichtigung fortzusetzen, aber das schien Sophie zu gefährlich. Sie konnten sich doch in dem riesigen Durcheinander verlieren, und allein in dieser Stadt – unvorstellbar! So wurde die Sightseeingtour im elektrischen Oberleitungsbus fortgesetzt. Unter so vielen Leuten im Bus war der selbst ernannte Stadtführer dann auch vorsichtiger mit seinen Geschichten. Sie fuhren zum Sultanspalast, zum erst kürzlich eingeweihten Fahrdamm Lahor, zum Palmengarten und auf eine Anhöhe mit einem riesigen Vogelpark. Von hier aus könne man bei klarem Wetter sogar den Äquator sehen. Das war Salesia dann doch zu viel. „Wir können uns dumme Geschichten selbst ausdenken. Ich glaube, unsere Stadtführung ist jetzt zu Ende." Der Chinese war beleidigt und zog sich zurück, nicht ohne seinen Lohn für die „Führung" einzufordern.

Die anderen Tage zogen die Schwestern allein los, um sich einige Sehenswürdigkeiten genauer anzusehen. Vor allem wollten sie eine Messe in einer der vielen Kirchen besuchen. Zur katholischen Kirche St. Teresa mussten sie sich lange durchfragen, da sie erst ein Jahr zuvor erbaut worden war, aber dafür war der helle Kirchenraum wie ein Blick in den Himmel. Vor allem war sie herrlich kühl, denn die Temperatur in Singapur war – so nahe am Äquator – tropisch. Dabei hatte die Stadt den Vorteil, dass sie fast ganz vom Wasser umgeben war und stets von einer frische Brise durchweht wurde. Ein weiteres Ziel der Schwestern waren die chinesischen Viertel der Stadt. Sie wollten sich einen Vorgeschmack auf Shanghai und China holen. Während die feinen Herrschaften und die Geschäftsleute in der City schon wegen der schwülen Hitze eine gemächliche Gangart einlegten, ging es in den chinesischen Vierteln hektisch und laut zu. Den Rikschafahrern gehörte die Straße und da die Fahrzeuge keine Klingel hatten, waren die Rufe der Kulis ständig zu hören. Die Händler boten Gemüse und alltägliche Waren im Schatten aufgespannter Tücher an. Benedicta blieb vor einem Geschäft stehen und bemerkte flüsternd: „Ist das hier ein Schrotthändler oder wird das wirklich noch für Küche und Haus benutzt?" In manchen „Geschäften" stand ein verbogenes Eisenbett, auf dem sich der Verkäufer zu einem Nickerchen ausgestreckt hatte. Darüber hing Wäsche an Stangen, die man aus den Fenstern geschoben hatte. Aus den offenen Fenstern hörte man Kinder schreien, Frauen keifen und Männer fluchen.
Da die Frauen das Essen meist vor dem Haus kochten, roch es nach allen Köstlichkeiten Asiens – aber nicht immer verführerisch für europäische Nasen. Euphrasia rätselte die ganze Zeit, was das für ein penetran-

tes Gewürz war, das nicht nur die Nase, sondern auch den Magen reizte. „Ich wünschte, sie würden einfach Knoblauch nehmen!"

Die „Queen Victoria" hatte am Abend angelegt. Die ganze Nacht über wurde Ladung gelöscht und neue Kohle, Wasser und Lebensmittel an Bord genommen. Dazu jede Menge Transportgut, das die englische Schnell-Schifffahrtslinie mit höheren Kosten nach Hongkong brachte. Am Vormittag stach das Schiff mit den Schwestern und weiteren 150 Personen in See. Die „Queen Victoria" war ein modernes Schiff und die Schwestern genossen einen gewissen Komfort auf dem Ozeanriesen. Doch sie wussten auch, dass sie in Hongkong noch einmal würden umsteigen müssen – dann auf das letzte Überseeschiff nach Shanghai. Doch hier auf der „Queen" gab es eine Überraschung. Unvermittelt trafen sie auf dem Weg zum Lunch einen alten Bekannten: Missionar Pater Rittol.
„Oh, da sind Sie doch, lieber Pater", sagte Martha fröhlich und doch etwas ehrfürchtig, denn sie wusste ja, in welche unsichere Gegend er unterwegs war. Benedicta fragte: „Haben Sie schon etwas Neues gehört über Hubei?"
„Wie sollte ich? Leider habe ich keinen direkten Draht zum Allerhöchsten, aber ich bin in seiner Hand. In Shanghai werde ich mehr erfahren."
„Auch wir machen Station in Shanghai, da wir auch noch nicht wissen, wie wir weiterkommen zu unseren Schwestern und Pater Orlando in die Gelbsteinlagune."
„Ach, Pater Orlando, der alte Haudegen, den gibt es noch?" Das Gesicht von Rittol entspannte sich und er blickte in die Ferne, als wolle er sich an den treuen Diener des Herrn erinnern. „Ihr müsst ihn auf alle Fäl-

le herzlich von mir grüßen und ich werde in meiner Gebetszeit an ihn und euch, ihr mutigen Schwestern, denken."
„Ja, danke, das werden wir auch für Sie tun, lieber Bruder Rittol."
Die Passage von Hongkong nach Shanghai war in zwei Tagen bewältigt.
Nach zwölf Wochen waren sie endlich am Ziel – China.

Shanghai empfing die Gäste sehr unfreundlich. In den Sommermonaten brauten sich über dem warmen Meer immer wieder Taifune zusammen, die dann mit zerstörerischer Macht auf das Festland trafen. Die Stürme zogen mit unvorstellbarer Wucht über die Küste, begleitet von sintflutartigem Sturzregen. So etwas hatten die Nonnen noch nicht erlebt. Die Stürme waren so heftig, dass ein Anlegen des Schiffes unmöglich wurde. Die Druckwellen des Taifuns hätten das Schiff an die Kaimauer geschleudert und die eiserne Schiffswand zerstört oder das Schiff gar zum Untergang gebracht. So blieb es in respektvoller Entfernung auf der Reede, war aber Sturm und Wellen schutzlos ausgesetzt. Dem Kapitän war das nicht unbekannt, aber seine heiseren Befehle an die Mannschaft sagten doch etwas aus über die Gefährlichkeit der Situation. Der Regen kam so heftig über sie, dass man den Eindruck hatte, die Wassermassen wollten das Schiff ins Meer drücken. Von der Kommandobrücke ergossen sich reine Sturzbäche auf das Deck, welches das Wasser nicht mehr kanalisieren konnte. Mal rechts, mal links lief tonnenweise Wasser vom Deck. Der Kapitän versuchte, sein Schiff immer gegen den Sturm zu drehen, aber der Taifun drückte das schwankende Schiff mit rasender Geschwindigkeit

immer wieder quer vor sich. Auf Deck zu gehen, war auch dem erfahrensten Seemann nicht zu raten. Der tobende Wind und die Wassermassen spülten alles über Bord, was nicht festgeschraubt war.
Auch an Land war Taifunwarnung ausgegeben worden. Schulen, Geschäfte, Verkehrsmittel und öffentliche Gebäude wurden geschlossen. Passanten auf den Straßen wurden aufgefordert, in Schutzräume zu gehen, und auf Plätzen oder in Parks und freiem Gelände wäre es selbstmörderisch gewesen, frei herumzulaufen. Man konnte deutlich sehen, wie die Wasserfront vom Sturm auf das Land zugeschoben wurde. Dann brachen Kaskaden von Wasser vom Himmel. Keine Dachrinne konnte das Wasser fassen, es floss wie Wasserfälle von Dächern, Pagoden, Schuppen und Werkhallen. Bald stand das Wasser in den Straßen einen halben Meter hoch und die Stadt war von Flüssen durchzogen. Doch ein Taifun hat kein langes Leben. Nach einer halben Stunde war alles vorbei und es konnte sein, dass unmittelbar danach die Sonne schien. Doch sie beschien, was Wasser und Sturm angerichtet hatten: eingedrückte Dächer, entwurzelte Bäume, viele abgerissene Zweige, Äste und ausgespülte Parkflächen. So ein Taifun hatte aber auch sein Gutes: Die Straßen waren von allerlei Unrat freigespült und die Luft war herrlich sauber und frisch. Das Leben war wieder erwacht und die Straßen füllten sich mit Kulis, Rikschas, mit Wasserbüffeln vor schweren Karren und mit offenen Autos, die vornehme Herrschaften fuhren – nicht anders als in Singapur.
Nun konnte auch das Schiff mit den erwartungsvollen Nonnen den Hafen anlaufen. Von der Reling aus konnte man die wuchtigen Hotels und Banken am „Bund", der Promenade am Huang-Pu-Fluss, sehen und am Hafen viele Menschen, die auf Bekannte, Freunde oder

Familien warteten. Auch drei Nonnen in ihren auffälligen Kutten und Hauben waren unter den Wartenden am Kai auszumachen. Als sie an der Reling fünf Nonnen in franziskanischer Tracht erkannten, waren sie außer sich vor Freude und wollten nicht aufhören zu winken und zu rufen, aber das verstand man im Lärm des Hafens nicht.
Als man sich endlich gegenüberstand, hatten alle Tränen in den Augen. „Seit drei Wochen sind wir immer wieder zum Hafen gelaufen, wenn das Linienschiff ankam. Heute seid ihr endlich gekommen. Gelobt sei Jesus Christus! War die Überfahrt sehr beschwerlich? Seid ihr alle gesund? Habt ihr Briefe aus der Heimat dabei? Ist die wirtschaftliche Not in Deutschland und England wirklich so groß, wie die Zeitungen hier schreiben?" Fragen über Fragen, doch der Taifun hatte die letzten Reserven an Lebensmut aufgebraucht und die Ankömmlinge wollten eigentlich nur schlafen, schlafen.

Die luxemburgischen Nonnen wollen sich nicht lange in Shanghai aufhalten, sie wollen endlich ans Ziel ihrer Reise, zu ihren Schwestern in der Gelbsteinlagune. „Diesen Namen kennt hier niemand, nur die Europäer reden so von der Missionsstation. Die Chinesen sagen ‚Hwangshihkang' und sprechen es aus, als wäre es ein sagenumwobener geheimnisvoller Ort."
„Und was ist dort so geheimnisvoll?", fragt Benedicta.
„Pater Dimitri war schon einmal dort. Die Station liegt am Jangtsefluss, harmonisch eingebettet in eine üppige Natur und schroffe Berge. Wenn die Sonne aufgeht, strahlt sie zwischen den Bergen des anderen Ufers hindurch und bescheint nur die Station. Die muss ein ganz findiger Mensch angelegt haben. Es heißt, ein Mönch habe dort auf einem Berg drei Jahre lang in der Ein-

samkeit meditiert, und dann sei ihm der wunderbare Fleck am Hochufer des Jangtse aufgefallen – und dass dieser ein gutes Feng-Shui habe. Irgendwann ist die Mission eingeladen worden, dort eine Krankenstation aufzubauen. Seitdem sind die Franziskanerinnen in Hwangshihkang und haben ein kleines Paradies mit Gärten, Feldern und Parkanlagen geschaffen. Orlando und seine Schwestern betreiben die Station nun seit über zwölf Jahren."
„Und wie kommen wir dahin?", fragt Salesia.
„Vorläufig gar nicht", war die ernüchternde Antwort. „Dort in der Gegend sind die Kommunisten eingefallen und haben schon viel gute Arbeit zerstört, auch sind schon Missionare und Schwestern umgebracht worden."
„Wie in der Provinz Hubei", sagt Sophie. „Wir haben vom Tod des Bischofs Jans gehört und mit uns ist Pater Rittol gereist, der genau in diese Provinz gehen will."
„Ja, damit müssen wir immer wieder rechnen, die Zeiten sind gerade nicht so günstig für die Mission."

Sie beraten, ob nicht zwei Mitarbeiter der Missionszentrale zur Gelbsteinlagune fahren sollten, um die Lage zu erkunden. Auch das ist keine leichte Aufgabe und ein Berater aus Amerika sagt gelassen: „Wenn sie nicht wiederkommen, ist es eben zu gefährlich." Euphrasia protestiert: „Wir können doch nicht wegen uns zwei Brüder in Lebensgefahr bringen."
Schließlich entscheiden sie zu warten, bis das nächste Versorgungsschiff den Jangtse hinauffährt. Diese Schiffe werden immer von Soldaten der Regierung begleitet und an die trauen sich die Banditen nicht heran. Die fünf Nonnen beschließen, nicht auf die Einschätzung der Lage zu warten, sondern gleich mit dem Schiff mit-

zufahren. Wieder heißt es warten, doch die Schwestern sind nicht untätig. Sie sind viel in der Stadt unterwegs, weil sie das quirlige Leben der Chinesen lieben. Vom „Bund" aus beobachten sie, dass auf der anderen Seite des Flussarmes ein Fischerdorf abgerissen wird. Hier sollen neue Häuser für die immer größer werdende Bevölkerung der Stadt und für ein neues Bankenviertel gebaut werden. Dass dort einmal in 60 Jahren der modernste Stadtteil Chinas stehen wird, kann sich niemand vorstellen.

Hier am Bund und an der Nanjingstraße spielt das öffentliche Leben der Metropole, die auch „Paris des Ostens" genannt wird. Hier sind die teuersten Plätze für Straßenhändler, man trägt die neueste Mode und zeigt damit, dass China durchaus modern sein kann. Huren angeln sich hier ihre Freier und politische Parteien versuchen, ihre Parolen an Einwohner und Besucher zu bringen. Hier in Shanghai, wo sich die Kommunistische Partei 1921 gegründet hat, befindet sich ihr Hauptquartier und eine Parteischule, die von vielen jungen Menschen besucht wird, die auf ein neues China hoffen. Eigentlich geht es darum, ein kommunistisches China nach dem Vorbild der Sowjetunion aufzubauen, aber die wenigsten wissen etwas von dieser Übermacht im Norden, die nach China greift.

Die Nonnen gehen selbstverständlich in ihrer Tracht durch die Straßen. Am Bund treffen sie auf eine Gruppe, die mit roten Fahnen, auf denen Hammer und Sichel abgebildet sind, mit Plakaten und Sprechchören für die Kommunisten „kämpfen". Natürlich können die Nonnen nichts verstehen, aber in den Gesichtern der jungen Kämpfer ist Enthusiasmus und Begeisterung zu sehen. Martha bemerkt nur: „Ich habe den Eindruck, die jungen Menschen sind Verführte und streiten für ein Ideal, das es nicht gibt." Da spricht sie ein Europäer auf Französisch mit russischem Akzent an: „Die Jugend ist nicht verführt, sie hat die Wahrheit erkannt und wird China so verändern, dass euch frommen Idealisten noch die Ohren gellen werden." Die Schwestern sind sehr erschrocken und befürchten, verhaftet zu werden. Als der Russe das merkt, beschwichtigt er sie: „Vor uns aufrichtigen Kommunisten braucht ihr euch nicht zu fürchten. Wir lieben den Frieden und werden die ganze Welt überzeugen, dass es keine bessere Lebensweise als die des Kommunismus gibt. Gewalt liegt uns fern, wir setzten auf Überzeugung." Sophie will schon fragen, warum dann in Hubei Christen von den Kommunisten ermordet wurden, aber sie lässt es lieber sein, weil sie den so großen Worten nicht traut.

Der Russe verlässt die fünf kurz und kommt mit zwei jungen Frauen zurück, die er aus der Gruppe der Agitatoren holt. Sie müssen so um die 30 Jahre alt sein, eine etwas älter. Der Russe fordert sie auf, von ihrer Freude am Kommunismus zu berichten. Er übersetzt verhältnismäßig fließend: „Wir sind aus Wuhan und wir haben das schwere Leben auf dem Lande mitbekommen, die Ausbeutung der Landarbeiter und der Arbeiter in der Stahlfabrik des Imperialisten Ruppert aus Luxemburg. Erst mit dem Kommunismus werden die Menschen frei. Wir sind freiwillig hierher nach Shanghai gekommen, weil wir das neue China mit aufbauen wollen. Die Sowjetunion zeigt uns, wie es geht, die Menschen zu befreien. Wenn China sich erhoben hat, wird es keine Ausbeutung, keinen Hunger und keine Krankheiten mehr geben." Schön auswendig gelernt, denkt Salesia. „Und mit der Religion wird dann auch Schluss sein. Wir brauchen keine Vertröstung auf einen Himmel – wir werden den Himmel hier auf Erden schaffen. Alle

Menschen werden gleich sein und der Frieden, den die Sowjetunion bringt, wird uns alle vereinen."

Jetzt wird es Sophia doch zu bunt: „Wollt ihr Gott abschaffen und all die barmherzige Arbeit, welche die Christen tun, wollt ihr darauf verzichten?"

„Wir wollen Gott nicht abschaffen, denn es gibt ihn gar nicht. Es ist nur eine Einbildung und eine Erfindung der herrschenden Klasse, um die Menschen dumm und unmündig zu halten."

Die andere junge Kommunistin sagt plötzlich: „Ich weiß, wer ihr seid. Ihr seid Franziskanerinnen. Woher kommt ihr?"

„Wir kommen aus Luxemburg und wollen unsere Schwestern hier in China besuchen", sagt Euphrasia. Sophie denkt: Hoffentlich sagt sie nicht, wohin wir wollen, dann wären wir ein gefundenes Fressen für die Kommunisten und das könnte unser Ende sein.

„Ich kenne auch einige Franziskanerinnen aus Luxemburg. Sie waren in Hankow bei Wuhan und haben dort eine gute Arbeit gemacht. Leider war alles umsonst, weil die Republikaner Häuser, Fabrik, Schule und alles zerstört haben."

„Und was ist aus den Franziskanerinnen geworden?", fragt Martha zurück.

„Die sind weiter ins Inland geflüchtet, den Jangtse aufwärts." Und dann spricht sie das Wort aus, was die Schwestern auch in Chinesisch verstehen: „Hwangshihkang." Der Russe hat Mühe, das Wort zu übersetzen, aber die Schwestern wissen Bescheid – ihr Reiseziel. „Wir sind beide in Hankow aufgewachsen, haben mit den Franziskanerinnen und unserer Mutter dort gelebt, haben unsere erste Schulbildung dort bekommen und auch einiges vom Glauben der Christen mitbekommen", sagt die andere jetzt.

„Aber wir sind keine Christen geworden", ergänzt die andere Kommunistin. „Wir sind nicht so für das Helfen, für Singen, Beten und geduldiges Leiden. Wir wollen das Land verändern, wollen kämpfen, wir sind Frauen der Tat, so wie unsere Vorbilder Lenin, Stalin und auch der Chinese Mao, der hier die kommunistische Partei aufbaut."

Dann sagt Benedicta – nicht ohne Hintergedanken: „Ich heiße Benedicta – das bedeutet ‚die Gesegnete'. Und wie sind eure Namen?"

„Ich heiße Lui Shen und sie heißt Xiaoju. Mein Name ist eine Mischung aus dem Namen meiner Mutter und meines Vaters, aber der ist von der Polizei enthauptet worden – wegen Rauschgift. Das mit dem Opium werden wir auch in den Griff bekommen. Kein Mensch wird mehr im neuen China einen Rausch brauchen, weil das Leben berauschend und schön wird."

In der Missionsstation erzählen die Schwestern von ihrer überraschenden Begegnung und dass sogar das Wort „Hwangshihkang" gefallen ist. Der Pater, der schon lange die Station in Shanghai leitet, ergänzt: „Ja, die sind damals den Jangtse aufwärts gezogen und haben in der verwaisten Gelbsteinlagune ein neues Betätigungsfeld gefunden. Lui Nan ist eine umsichtige Wirtschaftsleiterin; ihre jüngere Tochter, Deborah, hat einen handwerklich begabten Mann geheiratet, aber die ältere Tochter ist mit einer ehemaligen Prostituierten zu den Kommunisten gegangen. Der alte Orlando ist ein geduldiger Seelsorger und der ruhende Fels in der alltäglichen Brandung so eines Betriebs aus Landwirtschaft, Schule, Krankenhaus und Überlebenskampf."

„Und die Schwestern, wie geht es denen? Die sind ja nun auch schon fast dreißig Jahre hier im Land."

„Von den ersten sind einige gestorben, aber es kamen ja immer wieder neue Nonnen aus Luxemburg und Belgien. Nicht alle haben es hier ausgehalten und manche sind wieder zurück nach Europa gegangen. Heute müssten es so um die zehn sein. Nur Orlando, der wird hier entweder versteinern oder direkt in den Himmel entrückt."

Das Versorgungsschiff ist ein qualmendes Monstrum, das sich den Jangtse aufwärts quält. Es ist vollgepackt mit Lebensmittel, Baustoffen und technischen Dingen für das tägliche Leben im Inland von China. Die etwa zwanzig Passagiere werden unterwegs aussteigen, andere werden an Bord kommen. Die Franziskanerinnen haben einen Mitarbeiter der Zentrale als Dolmetscher dabei. Sie haben die weiteste Strecke vor sich, deshalb bekommen die Frauen auch eine Kajüte zugewiesen, die aber eher ein Laderaum unter Deck ist. Wenn das Schiff ein Dorf ansteuert, dann ist nicht immer ein Kai vorhanden. Oft stößt das Schiff mit dem flachen Bug einfach ans Ufer und die Passagiere müssen von Bord springen, nicht selten ins hüfthohe Wasser, wenn das Ufer zu flach ist. Dabei werden sie beim Ausladen der Fracht gleich mit angestellt, denn einen behelfsmäßigen Kran aus drei Holzstämmen gibt es selten. Wenn neue Passagiere an Bord kommen, müssen sie meist über ein schwankendes Brett balancieren. An manchen Stellen ist der Jangtse so breit, dass die Fahrt vom linken Ufer zum Dorf am rechten Ufer fast einen halben Tag dauert. Hier sind auch noch Segelboote unterwegs, die mit Windkraft gegen die träge Strömung steuern. Weiter oben, besonders in den „Drei Schluchten" hat sogar ein Dampfschiff Schwierigkeiten, gegen die Stromschnellen anzukommen.

Als vor Wuhan die ersten Berge am Ufer auftauchen, rät der Kapitän zur Vorsicht. Hier gibt es hin und wieder Gewehrfeuer der kommunistischen Partisanen, und die Soldaten an Deck gehen in Stellung. Die Nonnen müssen unter Deck bleiben, weil – wie der Kapitän sagt – die Partisanen gern ein „Taubenschießen" veranstalten, wenn sie Nonnen an Bord entdecken. Aber die Geschosse kommen oft gar nicht bis zum Schiff, da die Schützen viel zu weit entfernt sind und ihren einfachen Gewehren die Feuerkraft fehlt.

Als sie an einem größeren Dorf anlegen – hier gibt es sogar einen gemauerten Kai –, erklärt der Kapitän, dass dies hier das Männerhasser-Dorf ist. Hier sprechen die Frauen zum üblichen Dialekt eine eigene Sprache, die nur an die Töchter weitergegeben wird. Keinem Mann, auch nicht dem Ehemann, wird die Sprache verraten. Doch der Dolmetscher aus der Zentrale sagt: „Das ist doch nur gut so, da müssen die Männer nicht mit den Frauen reden."

Obwohl die Landschaft immer abwechslungsreicher wird, geradezu romantisch schön ist, wird die Fahrt immer mühseliger auf dem engen Kahn. Der Schiffskoch mengt einfallslos irgendetwas in den Reis und manchmal gibt es gar kein Essen, da er betrunken in seiner schmutzigen Kombüse liegt. Dann gibt es eine Tracht Prügel vom Kapitän, aber das bringt keine Abwechslung und schon gar keinen Geschmack in die fade Reispampe.

Das Wasser des Jangtse wird auffällig braun, es hat am Oberlauf vor einer Woche stark geregnet. Und dann endlich, nachdem der Fluss einen langen Bogen gezogen hat, kommt eine Siedlung in Sicht, die mit einem weißen Kreuz eindeutig als Missionsstation zu

erkennen ist. Hwangshihkang! Euphrasia flüstert das Zauberwort mehrfach vor sich hin. Martha geht auf die Knie, hält sich aber mit der rechten Hand an der Reling fest. Auch sie flüstert ein von Herzen kommendes Dankgebet zu ihrem Herrn und vergisst natürlich nicht, Maria für ihre Fürsorge zu danken.
Am behelfsmäßigen Kai stehen einige Nonnen in Arbeitskleidung. Es sind auch Kinder aus der Schule dabei, denn wenn ein Schiff an der Station festmacht, dann hält es niemanden auf den Schulbänken. Als man die Nonnen an Bord entdeckt, wird die Glocke geläutet. Seit drei Wochen haben sie auf den Besuch gewartet und jetzt ist alle Sorge um die Reisenden vorbei. Der gnädige Gott hat sie endlich hierhergebracht. Sie werden viel zu erzählen haben. Zuerst aber wird ein Gottesdienst gehalten. „Warum nur einen Wortgottesdienst? Warum keine Messe? Wir haben unsere letzte Messe und Eucharistie in Singapur bekommen." Etwas betreten antwortet Schwester Theodora: „Pater Orlando ist nicht hier, wir erklären euch das später." Die Gäste haben schlimme Vorahnungen und es wundert sie nicht, dass bei den Gebeten so oft der Name „Orlando" fällt.

Fallende Preise

Der Marsch mit seinen Kidnappern ist für Pater Orlando eine Reise ins Ungewisse. Am Nachmittag kommen sie in eine kleinere Stadt. Die Bürgerwehr empfängt sie zwar mit Gewehrschüssen, aber sie wissen, dass Widerstand gegen die Kommunisten zwecklos ist. Einige Tapfere versuchen, die Truppe aufzuhalten, aber sie werden erschossen oder verwundet, der Rest schließt sich den Kommunisten an – und entgehen so einer Hinrichtung. Die Bewohner der Stadt haben sich verkrochen oder sind in die Felder geflohen. Die besseren Häuser werden geplündert und aus den Lagern der kleinen Läden wird viel Verpflegung zusammengetragen. Auf ein Trompetensignal hin sammeln sich alle am Ende der Stadt. Einer der Soldaten fehlt und Ko schickt seine Leute noch einmal zurück. Sie finden ihn erschlagen hinter einem Schuppen. Aus Rache zünden sie das Rathaus und drei Häuser von reichen Bewohnern an. Das geht ganz schnell. Irgendjemand hat zwei Kanister mit Petroleum gefunden, der Inhalt wird über Möbel und Fußboden verteilt und in wenigen Minuten brennen die schönsten Häuser der Kleinstadt nieder.
Während des Überfalls hat man Orlando und Tsen an je einem Bein zusammengebunden. So konnten sie sich zwar bewegen, aber eine schnelle Flucht war so unmöglich. Jetzt kommt Ko zu ihnen: „Verehrter Pater, es ist uns ernst mit den 10.000 Dollar. Hier sind Papier und Stift. Schreiben Sie an Ihren Vorgesetzten in Wanzhou, dass das Geld so schnell als möglich hierhergebracht

wird. Ansonsten sind Sie ein toter Mann." Er schreibt den Brief auf Französisch, sodass ihn Ko – der einige Jahre im Ausland studiert hat – auch lesen kann. Am Schluss schreibt Orlando auf Lateinisch: „Eine solche Summe ist unmöglich, schon gar nicht für mich. Gottes heiliger Wille geschehe. Ich bin zu allem bereit."
Ko will nun einen seiner getreuen Kommunisten mit dem Brief losschicken, um das Geld einzutreiben. Aber er hat Befürchtungen, dass der dann mit 10.000 Dollar im Beutel sehr kapitalistische Anwandlungen bekommen könnte und den Rückweg nicht findet ... Da kommt ihm der rettende Einfall: Tsen soll den Brief überbringen und der wird für seinen Herrn den letzten Käsch herbeibringen, um ihn auszulösen. Die Hoffnung, dass er jetzt aktiv an der Befreiung seines Paters mitwirken kann, bringt ihn tatsächlich dazu, Pater Orlando allein in den Händen der Banditen zurückzulassen.
Während Tsen sich auf den beschwerlichen Weg nach Wanzhou macht, zieht die Truppe weiter. In einigen Dörfern werden sie mit Furcht erwartet, andere feiern sie wie Befreier und bringen ihnen Lebensmittel und Geschenke entgegen. In einem Dorf werden sie sogar mit Feuerwerkskörpern begrüßt – aber meist steckt nur Kalkül dahinter, weil die versprengten Soldaten sich sowieso nehmen, was sie brauchen. Das ist bei den Regierungstruppen nicht anders als bei den Kommunisten. Nur sind die Kommunisten dafür bekannt, dass sie sich an den Wohlhabenden bereichern und die Armen eher verschonen. Wehe aber, ein Bauer verweigert ihnen Unterkunft, die letzten Reste seines Saatgutes oder den warmen Mantel, der wird auch seine Hütte und vielleicht sogar sein Leben verlieren.
Besonders begehrt bei den Soldaten sind die üblichen Schuhe aus Reisstroh und Bast. Die sind schnell durch-

gelaufen und es braucht immer wieder neue. Manche Dörfer oder Städte stellen schon am Ortseingang eine Reihe solcher Schuhe auf, das stimmt die Räuber dann schon freundlicher. Der Umgang mit Frauen ist ähnlich: Die Kommunisten vergreifen sich selten an den armen Bäuerinnen, lieber an den Frauen der Reichen – die riechen auch besser. Diese Frauen werden gequält und oft auch bestialisch ermordet. Die Regierungstruppen gehen eher auf die ärmeren Mädchen und Frauen los und betrachten sie als Freiwild und Beute. Manches Dorf erlebt mehrfach im Jahr den Durchzug beider unterschiedlicher Truppen, auch weil diese sich gegenseitig verfolgen und durch das Land jagen. Wenn es zu Gefechten kommt, werden keine Gefangenen gemacht. Entweder die Gegner werden erschossen, erschlagen und gehängt oder sie laufen über und kämpfen für den neuen Herrn.

Orlando muss manche Massaker miterleben, aber bei Kämpfen wird er versteckt und behütet wie ein Schatz – immerhin ist er 10.000 Dollar wert. Doch die sonstige Behandlung ist miserabel. Verpflegt wird er mit dem, was bei Plünderungen übrig bleibt. Als Tsen noch da war, versuchte der, seinem Herrn immer einmal etwas Besonderes zuzustecken. Aber jetzt ist er weit im Land unterwegs. Er wird wiederkommen, da ist sich Orlando sicher, doch mit welcher Botschaft?

Inzwischen sind sie in einem den Kommunisten wohlgesonnenen Dorf angekommen. Kommandant Ko hält eine Propagandarede für die Soldaten und die Dorfbevölkerung. Er preist die Wohltaten des Kommunismus, von denen Pater Orlando nicht so überzeugt ist, erlebt er doch zurzeit das ziemliche Gegenteil von dem, was da versprochen wird. Anschließend gibt es ein Essen im Gemeinschaftshaus, über dem die rote Fahne weht. Es gibt Reis, Gemüse, Dosenfleisch und sogar Ananas – alles Beutegüter aus dem Dorf, welches sie am Tag zuvor niedergebrannt haben.

Dann führt der Weg sie ins Gebirge. Sie müssen immer wieder Pausen einlegen, weil Pater Orlando nicht genügend Kraft hat, aber auch weil die Soldaten an den vielen Gerätschaften, den Waffen und der Beute mächtig zu schleppen haben. Sie übernachten in einer Herberge, die aber für den wertvollen Orlando zu unsicher scheint. Ko hat durch seine Späher und Spitzel herausbekommen, dass ihnen die Regierungstruppen mithilfe der Ausländer auf der Spur sind, um den Pater zu befreien. Das würde er aber nicht zulassen, eher wird er den Pater erschießen lassen. So bringen sie Orlando noch am Abend mehrere Stunden weiter hinauf ins Gebirge bis zu einer alten Kate, an welche die beiden Soldaten, die Orlando bewachen, mit ihren Gewehrkolben klopfen. Es dauert lange, bis ein verhärmtes Mütterchen öffnet und widerwillig ein Essen und ein Nachtlager aus Stroh herrichtet. Dass sie nicht gleich öffnete, liegt daran, dass sie ihren beiden Söhnen die Flucht ermöglichen wollte. In einem unbeobachteten Augenblick flüstert sie Orlando zu: „Ich kenne Sie, Hochwürden. Ich war im Krankenhaus der Barmherzigen Schwestern. Kann ich etwas für Sie tun?" – „Nein, liebe Schwester im Herrn", entgegnete er. „Gott wird für mich sorgen." Als sich alle im Raum auf das Strohlager begeben, merkt Orlando, dass unter seinem Stroh eine warme Decke versteckt ist, die er nun in der Dunkelheit um seinen Körper schlingt und zur Tarnung mit Stroh bedeckt.

Nach einigen Tagen erreichen sie Kiangkiang, einen Ort unter kommunistischer Herrschaft mit Polizeistation und Regionalverwaltung. Pater Orlando wird mit seinen Bewachern in das Rathaus gebracht. Dort erwartet ihn freudestrahlend Tsen und ein Offizier der kommunistischen Regionalverwaltung. „Eure Missionsleitung ist nicht bereit, den geforderten Preis zu bezahlen. Hiermit ist Ihr Leben nicht mehr viel wert. Wir gehen auf 8.000 Dollar herunter, aber es ist unser letztes Angebot." Orlando hat den Humor noch nicht ganz verloren und er denkt bei sich: Mein Wert ist im Fallen. Aber er entgegnet: „Ich kann dazu nichts sagen. Die Hoheit über das Lösegeld liegt allein bei der Missionsleitung. Ich bitte erwähnen zu dürfen, dass ich und mein Leben auch nicht 8.000 Dollar wert sind. Lassen Sie mich frei und ich werde überall von Ihrer Großzügigkeit erzählen und den Menschen wieder helfen, so weit, wie es meine Kräfte zulassen." – „Dafür können wir uns nichts kaufen. Wir brauchen das Geld für Waffen, Verpflegung und für den Aufbau eines neuen, befreiten Chinas. Abführen!"

Einen weiteren Preisverfall gibt es einige Tage später. 6.000 Dollar soll die Mission nun zahlen. Diesmal ist es ein Soldat, der ihm die Nachricht überbringt. Der fragt immer wieder, ob Orlando verstehe, was er sagt. Der Soldat spricht einen Dialekt und der Pater betont, dass er nur Mandarin verstehe. In Wahrheit versteht er natürlich auch den Dialekt und kann dadurch seinen genauen Aufenthaltsort und die Pläne der Soldaten erfahren, wenn sie sich arglos in ihrem Dialekt unterhalten. Manchmal starten sie fluchtartig mitten in der Nacht und es geht auf schmalen Pfaden weiter. Aus den aufgeregten Gesprächen bekommt Orlando mit, dass die Regierungstruppen ihnen auf der Spur sind. Er weiß aber nicht, ob er sich darüber freuen soll, denn wenn es zum Kampf kommt, werden sie die Geisel sicher erschießen, damit sie nicht befreit werden kann.

Der Weg ist aber mit Informanten gesichert. Unvermittelt treten im Dunkeln Männer aus dem Gebüsch, die eine Parole verlangen, ehe sie sie durchlassen. Orlando ist klar, dass eine Flucht hier nicht möglich ist. Lichtzeichen geben Sicherheit, dass der Weg bis zum nächsten Lichtpunkt frei von feindlichen Soldaten ist. Bei solchen Nachtmärschen ist absolutes Schweigen befohlen – aber mit wem hätte sich Orlando auch unterhalten sollen? Ihm fehlt sein treuer Diener Tsen mehr und mehr. Wenn er nur bald mit einer guten Nachricht zurückkäme!

Ein düsteres Schulhaus wird für eine ganze Woche sein Gefängnis. Einer seiner Bewacher kommt und bringt Stroh, das er auf dem Tisch ausbreitet, um den sonst die Schüler sitzen. Er bedeutet Orlando, dass dies nun sein Bett sei, dann wird das Schulhaus fest verschlossen. In der ersten Nacht versteht Orlando auch, wieso er auf dem Tisch schlafen soll, denn unter den Bodenbrettern tummeln sich die Ratten. Im Schutz der Dunkelheit kommen sie hervor und tanzen, pfeifen und quieken. Hin und wieder bekommt Orlando kalten Reis, mal etwas Gemüse und Wasser. Alles muss vor der Nacht verzehrt werden, sonst ist es am nächsten Morgen weggefressen. Einmal bekommt er tatsächlich ein Paket von den Schwestern. Köstliche Leckereien und nahrhafte Dinge haben sie liebevoll zusammengepackt. Die Bewacher prüfen alles genau und nehmen sich dann, was ihnen schmeckt. Nichts bleibt übrig, außer einem Bild des heiligen Franziskus mit einem Segensspruch der Schwestern. „Wer ist das auf dem Bild und was steht da für eine geheime Botschaft?" Orlando sagt, es wäre sein Vater, und liest den Segen vor. Das Bild lassen sie ihm dann. Ein andermal bringt ihm ein Soldat ein Buch in englischer Sprache, das sie irgendwo erbeutet haben.

„Robinson Crusoe" – der Weltroman ist vielleicht noch nie in solcher Umgebung gelesen worden.
Nachts sieht der Pater Feuer von brennenden Dörfern, auch sind immer wieder Schüsse zu hören. Ko drängt zum erneuten Aufbruch. Er selbst kommt zu Orlando: „Packen Sie Ihre Sachen zusammen, wir müssen weiter. Hier sind noch einmal Zettel und Stift. Schreiben Sie Ihrem Oberen, dass bei Befreiungsversuchen durch die Regierungstruppen oder irgendwelche anderen Banditen Ihr Leben nichts mehr wert ist. Auch Fluchtversuche unterwegs werden mit sofortiger Erschießung geahndet. Die Zahlung von 5.000 Dollar hat unverzüglich zu erfolgen. Schreiben Sie ihnen, dass wir das Geld nur borgen, weil wir Löhne und Besorgungen zu bezahlen haben. Später werden wir das Geld zurückzahlen." – Nur noch 5.000, Orlando ist enttäuscht.
Diesmal geht es auf einen steilen und unwegsamen Berg hinauf. Orlando kann mit dem Tempo der Soldaten nicht Schritt halten. Zwei Soldaten erhalten den Befehl, ihn auf einen Ast zu setzen und ihn zwischen sich zu nehmen. Das ist für den Pater fast noch anstrengender und er kann sich auf dem Ast nur halten, indem er den beiden Trägern die Arme um den Hals legt. Orlando denkt: So nahe ist mir der Kommunismus noch nie gekommen … Sie erreichen einen Wallfahrtstempel, der von den Kommunisten als Unterschlupf genutzt wird. Hier räuchern keine Stäbchen mehr, hier werden keine Gebete mehr gemurmelt, alles macht einen geplünderten und verwahrlosten Eindruck. Nur ein alter Bonze lebt noch hier. Er teilt die Einsamkeit mit den schrecklich dreinblickenden Tempelwächtern, Buddhas und Göttinnen. Jeden Abend trinken die Soldaten mit dem Bonzen Hwang-dsiu, den Gelbwein aus gegorener Hirse. Er wird warm getrun-

ken und der Pater lässt sich gern auch einen Becher reichen, denn er wärmt und stärkt. Wenn die Bewacher mit sich selbst beschäftigt sind, kann sich Orlando mit dem Bonzen unterhalten und er erfährt auch etwas über die politische Lage im Land. Der Bonze muss ein gut funktionierendes Informationssystem haben, dass er hier in der Einsamkeit so gut Bescheid weiß. Die Regierungstruppen, die Guomindang, sind dabei, die Kommunisten in die Enge zu treiben. Diese planen in der Provinz Jiangsxi einen „Sowjet" zu gründen, eine separate Republik nach der neuen kommunistischen Gesellschaftsordnung. „Das kann nicht gut gehen", sagt Orlando leise zu sich selbst.

Als sich Kommandant Ko wieder einmal mit einigen Offizieren zur Beratung im Tempel trifft, spricht der Bonze sie an: „Ihr wisst, wer der Ausländer ist, den ihr da mit euch führt? Er ist kein gewöhnlicher Kaufmann oder Forscher. Er ist ein Heiliger, der die Tugend übt und unter dem Schutz des Höchsten Himmelsherrn steht. Nehmt euch wohl in Acht!" – „Was kann der uns anhaben", höhnt Ko und die anderen lachen dazu. – „Ihr wisst, ich bin Wahrsager von Beruf und im Tempel ergraut. Ich weiß mehr als ihr alle. Ich beschwöre euch, solange ihr ihn nicht freigebt, wird jedes Glück von euch weichen. Wehe, wenn ihr ihm etwas zuleide tätet! Die Rache würde auf dem Fuße folgen, eine fürchterliche Rache, so wahr die Götter hier stehen." Er weist vielsagend auf die Figuren rund um sie. Ko schaut etwas schüchtern zu den grimmigen Tempelwächtern hinauf. Wenn die Kommunisten auch aller Religion abschwören, die abergläubische Angst steckt tief in ihnen. Sie sind kleinlaut und sehr betroffen. Von nun an behandeln sie Orlando mit mehr Rücksicht und Vorsicht.

Am nächsten Tag wird der Rückzug befohlen. Es geht zurück in die alte Schule und dem Pater wird sogar Fleisch angeboten. Da er aber jedes Zeitmaß verloren hat, meint er, es sei Freitag und damit Fastentag. So verzichtet er aus Angst, sich zu versündigen – obwohl in Wirklichkeit Sonntag ist. Auch ist wieder ein Paket von den Schwestern angekommen. Der Wächter packt alles aus und stellt es vor Orlando hin, dann bedient er sich kräftig an den Dingen und lächelt Orlando aufmunternd ins Gesicht.

Der Missionsleitung wird ein Brief überbracht, der die Befreiung einleitet: „Die Mission zahle für Verpflegung, Unterkunft und Schutz von Pater Orlando an die gastliche 5. Rote Division 2.000 Dollar; außerdem noch ein kleines Wassergeld (Trinkgeld) von 1.000 Dollar für die aufmerksame Bedienung." Die Missionsleitung ist schließlich mit der „Hotelrechnung" einverstanden und zahlt, aber damit ist der Pater noch nicht frei. Die Banditen verzögern seine Auslieferung von Tag zu Tag. Schließlich meldet sich die Missionsleitung mit der Forderung, das Geld zurückzugeben. Mit wortbrüchigen Verhandlungspartnern wollten sie keine Geschäfte mehr machen. Außerdem hätten sie die amerikanische Schutzmacht in Shanghai um Hilfe gebeten und diese wäre nun unterwegs, die 5. Rote Division mit schweren Waffen aufzustöbern und zu vernichten.

Diese Drohung verfehlt ihre Wirkung nicht und am nächsten Tag wird der Pater von vier Männern mit versteckten Waffen in die nahe Stadt gebracht. Das Wetter ist sonnig, wenn auch kühl, und Orlando kann dem schnellen Gang der Männer kaum folgen. Immer wieder muss er sich setzen und ausruhen, doch sie drängen zur Eile. Kurz vor der Stadt kommen ihnen nacheinander drei Männer entgegen. Die Bewacher von Orlando sprechen den ersten an, der aber nicht reagiert. Auch der zweite nicht. Erst der dritte antwortet auf die Parole „Stellungswechsel", dass sie die Abgesandten der Stadt seien. In diesem Moment sind die vier schon von den dreien umstellt. Also kein Zweifel, die Übergabe wird funktionieren. Die vier Soldaten ziehen sich zurück und einer der drei Männer erklärt Orlando, dass er jetzt frei sei. Frei, ohne Todesangst, ohne schreckliches Essen, ohne Kälte und Strapazen, frei! Das ist für seine geschwächten Nerven zu viel, er bricht zusammen und liegt ohnmächtig zwischen den ratlosen Soldaten. Schließlich wird ein Tragestuhl aus Bambus organisiert und der Pater wird zu einem nahe gelegenen Teehaus getragen. Dort bekommt er warmen Tee, Gebäck und Obst.

Plötzlich steht Tsen vor ihm, verbeugt sich ehrfürchtig und erklärt, dass alles für die Heimreise vorbereitet sei. Orlando hat keinen sehnlicheren Wusch, als endlich wieder in der Gelbsteinlagune bei seinen Lieben zu sein. „Lass uns vorher eine Kirche suchen, ich will dem Herrn mein Lobopfer bringen. Es muss doch hier eine Kirche oder Kapelle geben." – „Alles vorbereitet, Hochwürden, aber vorher müssen wir einen anderen Weg gehen." In einer Seitenstraße biegt Tsen in ein niedriges Haus ein und hier wartet ein Barbier bereits auf sie. Die Wochen der Gefangenschaft haben dem Pater ein etwas „verwildertes" Aussehen verliehen, und nun werden ihm Bart und Haupthaare ordentlich in Form gebracht.

Als sie die einfache Kirche betreten, sind viele Gläubige versammelt, die von der Befreiung gehört haben. Auch einige Schwestern aus der Missionsstation sind dabei, sie haben Tränen in den Augen. Einen Priester konnte man schnell organisieren, der die Messe zelebriert. Orlando ist es, der die Ordnung der Messe durcheinan-

derbringt, immer wieder stimmt er ein Loblied an und die Gemeinde singt begeistert aus vollem Herzen mit.
Der Empfang in Hwangshihkang ist herzlich und chinesisch. Schon als das kleine Boot auf den Landesteg zusteuert, knattern Feuerwerkskörper und Raketen steigen in den Himmel. Die Kinder stehen mit Blumen in den Händen am Steg und entlang des Wegs zur Station. Die Schwestern singen mehrere Lieder und der Koch hat mit Lui Nan ein opulentes Mahl zubereitet. Orlando will gar nicht wissen, woher diese Köstlichkeiten alle kommen, er genießt einfach und fühlt sich wie zu Hause – und das ist er ja auch.
Die Gäste aus Luxemburg sind wieder abgereist. Sie hatten sich nützlich gemacht, die Nonnen und alle Bewohner der Gelbsteinlagune ermuntert und getröstet. Aus den Transportkisten sind Hasenställe entstanden und an den Fenstern der Schwesternzimmer gibt es jetzt sogar Gardinen. Schade, dass die Gäste die Befreiung von Orlando nicht mehr miterleben konnten.
Die Feierlichkeiten zu Pater Orlandos Rückkehr werden von Schwester Clara gestört, die ziemlich aufgeregt hereinkommt und behauptet, man hätte ihr zwei Enten gestohlen. Sie hat sich auf ihre alten Jahre darauf spezialisiert, die Enten früh zum Fluss zu bringen und am Abend dann wieder zurück in die Mission zu treiben. Die Tiere sind das gewöhnt und wissen ja auch, dass es am Abend im Stall noch einen kleinen Leckerbissen für sie gibt. Doch heute fehlen zwei, das ist noch nie vorgekommen. Ihr und auch bald den chinesischen Angestellten ist klar, dass die Enten gestohlen wurden. In der Küche findet zwischen dem Koch und seinen Gehilfen eine Lagebesprechung statt. Es kommen eigentlich nur drei Bewohner in der Umgebung der Mission als Diebe infrage. Schließlich werden in der Dunkelheit Spione

ausgeschickt, die diskret nachforschen sollen. Die Erkundung ergibt, dass es nur Nie gewesen sein kann. So ziehen einige Schwestern und Missionsmitarbeiter um Mitternacht los, um Nie einen Überraschungsbesuch abzustatten. Clara weigert sich mitzugehen, weil einige der Männer Knüppel dabeihaben. Mit Gewalt ist sie überhaupt nicht einverstanden, aber der Koch meint, das wäre eine Sprache, die Nie versteht. Um schon mal Eindruck zu machen, trommeln sie mit den Knüppeln an die verschlossene Tür des Hauses. „Nie, mach auf, du elender Entendieb. Wir wissen, dass du zwei Enten von der Mission gestohlen hast. Dung und Zo haben dich beobachtet. Mach auf und gib die Enten raus." Darauf wieder ein Trommelfeuer an die Tür. Sie müssen aufpassen, nicht zu sehr dagegenzuschlagen, denn sehr stabil sieht die Tür nicht aus. Nie beteuert seine Unschuld, macht aber nicht auf. „Wenn du uns nicht hereinlässt, machen wir aus der Tür Kleinholz." Es geht noch eine ganze Weile so weiter, bis Nie endlich doch öffnet und die Männer einlädt, die Enten in seinem Haus zu suchen. Das tun sie natürlich nicht, denn wenn sie das Diebesgut nicht finden, ist Nie rehabilitiert und sie sind im Unrecht, würden also ihr Gesicht verlieren. Nie würde in der ganzen Gegend verbreiten, dass ihn die Mission zu Unrecht verdächtigt hat. Unverrichteter Dinge zieht der Koch mit seinen Gehilfen wieder ab. Am nächsten Abend begleiten Schwester Clara wieder vergnügt zwölf Enten den Weg vom Fluss in den schützenden Stall. So hat Nie sein Gesicht gewahrt und das Problem ist aus der Welt geschafft. Das ist chinesische Gerichtsbarkeit, Diplomatie und Lebensstil.

Es kommt selten vor, dass sie bestohlen oder gar angefeindet werden. Die Dorfbewohner sind dankbar, dass sie mit ihren Schmerzen, mit Wunden und auch mit den eingebildeten Krankheiten zu den Schwestern kommen können. Für die Hypochonder haben sie eine besondere Medizin gemixt, nicht süß, etwas bitter, prickelnd im „Abgang", aber völlig harmlos. Wenn sie sich in der Mission satt gegessen haben, gehen sie meist heimlich wieder von dannen.

Etliche Kinder werden geboren, aber es gibt Fälle, bei denen auch die europäische Medizin machtlos ist. Nach jedem Todesfall in der Station braucht es Wochen, bis das Vertrauen wieder gewachsen ist. Theodoria ist dafür, dass Todkranke gar nicht erst aufgenommen werden, was Clara auf die Palme bringt. Und manchmal ist es wirklich so, dass Clara sich mit so viel Liebe und Gebeten um eine Sterbende bemüht, dass sie zurück ins Leben kommt. Eigentlich benötigen sie einen Arzt, denn so weit ab von der Zivilisation ist es schwierig, wirkliche Notfälle bis in ein Krankenhaus zu bringen. Meist sterben sie auf der mühseligen Fahrt über den Fluss und holprige Wege. Doch für einen Arzt ist die Station zu klein, und wer kommt schon für die doch seltenen Notfälle bis in diesen Winkel des Riesenreiches!

Findelkinder werden hin und wieder zu ihnen gebracht – eigentlich werden sie ihnen vor die Tür oder auf die Anlegestelle gelegt. Es sind meist missgebildete Säuglinge, aber auch ältere Kinder, die sich durch einen Unfall schwere Verletzungen zugezogen haben. Kinder, bei denen klar ist, dass sie später nicht auf den Feldern arbeiten können.

Das andere Standbein der Franziskanerinnen ist die Schulbildung. Alle Waisenkinder ab fünf Jahren bekommen Unterricht. Eurike, die aus Maria Herz bei ihnen geblieben ist, gibt sich viel Mühe, die oft traumatisierten Kinder an ein normales Leben zu gewöhnen. Besonderes Geschick hat sie darin, mit den Kindern

kleine Singspiele oder biblische Geschichten einzustudieren. Es gibt kein Fest in der Gelbsteinlagune, an dem nicht auch ein Theaterstück aufgeführt wird. Dazu kommen dann auch die Kinder und die Bewohner der Dörfer weiter oben in den Bergen. Dort haben die Franziskanerinnen ebenfalls eine Arbeit begonnen. Das medizinische Team kommt einmal die Woche, und Theodoria und Lina unterrichten je eine Schulklasse in einem der Dörfer. Theodoria hat den beschwerlicheren Weg und ist täglich zwei Stunden unterwegs, um zu ihren Kindern zu kommen. Manchmal fällt es ihr schwer, sich auf den mühsamen Weg in die Berge zu machen. Schon länger hat sie Probleme mit der Luft, aber es könnte auch das Herz sein. Wenn Orlando ihr zuredet, sich von Schwester Montancia einmal gründlich untersuchen zu lassen, winkt sie ab und sagt: „Es geht schon, nur eine Attacke des Teufels." Ein kranker Hirte hat ihr einen kunstvollen Stock geschnitzt, auf den sie sich bei ihrem Arbeitsweg stützen kann. Vor wilden Tieren braucht sie am Tag keine Angst zu haben, die sind scheu und fürchten die Menschen. Wegelagerer und Räuber sind da schon eher zu befürchten. Bisher hat sie aber Glück gehabt und konnte mit Worten und ihren gütigen Augen ihre Haut retten. Schließlich ist den gefährlichen Banden aber klar, dass sie von den Nonnen kein Geld oder irgendwelche Wertgegenstände bekommen werden. Einer ihrer Anführer ist auch einmal auf der Station behandelt worden, als er einen schweren Abszess hatte, der zu einer Blutvergiftung zu führen drohte. Seitdem hat er Respekt vor den Nonnen und sie stehen in gewisser Weise unter seinem Schutz.
Doch am Mittwoch vor Pfingsten kommt Theodoria am Abend nicht wie gewohnt zurück. Die anderen sind darüber nicht sehr beunruhigt, denn sie hat schon

manchmal in ihrem Bergdorf übernachtet. Nur Clara ist völlig aufgelöst. Sie glaubt, dass Theodoria etwas zugestoßen ist. Ständig äußert sie neue Ängste, was passiert sein könnte. Sie befürchtet Schlimmes, von Räubern und wilden Tieren redet sie, dann davon, dass sie an einem steilen Hang abgestürzt sein könnte oder in einem reißenden Bach ertrunken sei. Mit ständig neuen Horrorszenen beunruhigt sie die Schwesternschaft, bis Orlando ihr gebietet, endlich den Mund zu halten. Aber in seinem Inneren ist er beunruhigt, denn Clara hat einen untrüglichen Instinkt, und schon häufiger hat sie Ereignisse scheinbar vorhergesehen.

Als Theodoria auch am nächsten Tag nicht erscheint, macht sich Lu Sun – der Mann von Deborah – mit zwei Männern aus dem Dorf auf den Weg in die Berge. Spuren von einem Unfall können sie nicht entdecken. Nach einer Stunde sehen sie auf dem Weg einen Menschen liegen – eindeutig eine Nonne. Es ist Theodoria. Verletzungen sind nicht zu entdecken. Ihr Mund ist schmerzverzerrt und die Hände hält sie vor die Brust. Sie ist bereits tot. War sie an einem Herzinfarkt gestorben? Ihr Leichnam ist bereits steif, also muss der Tod schon vor längerer Zeit eingetreten sein. Li Sun bleibt bei der Toten und schickt die anderen Männer in die Mission zurück, damit sie eine Trage holen, denn für einen Karren ist der Weg ungeeignet.

In der Abschiedsmesse herrscht tiefe Traurigkeit. Orlando muss nun schon die vierte Schwester beerdigen. Es fällt ihn so schwer, dass er selbst Herzschmerzen bekommt. „Nur jetzt nicht auch noch mich heimholen, Herr, sie brauchen mich jetzt noch – noch eine kleine Zeit, Herr, hab Geduld und gib mir Kraft" sind seine Stoßgebete, die noch einmal erhört werden.

Jiangxi-Sowjet-Republik

1934

Lui Shen und Xiaoju flechten schon seit Tagen Sandalen für die Soldaten. Es steht ein langer Marsch bevor, für den massenhaft Schuhe gebraucht werden. Einige Offiziere haben Stiefel, andere Stoffschuhe mit einer Ledersohle, aber die meisten tragen diese Sandalen aus Mais- und Reisstroh. Besonders Trägersoldaten, die schweres Gerät transportieren, brauchen schützende Schuhe, weil die nackten Sohlen durch die Last aufreißen und sich entzünden. Werden die Bastsandalen nass, halten sie nicht lange, und daher braucht es immer wieder Nachschub.

Lui Shen ist hochschwanger. Nein, sie ist nicht verheiratet, sondern die sowjetischen Berater haben die Sitte der freien Liebe mitgebracht. Sie hat in der Jiangxi-Sowjet-Republik Eingang gefunden. Keine großen Orgien werden da gefeiert, aber zur Nacht ist vieles möglich. Lui hat sich lange davon freihalten können, aber nach einem schweren Tag – noch in der Sowjetrepublik Hailufeng nahe Kanton – war es dann passiert. Es war wieder so ein schrecklicher Tag, an dem gefangene Guomindang-Offiziere und Großgrundbesitzer öffentlich gequält und gefoltert wurden. Alles mit dem Ziel, sie zu töten, möglichst qualvoll und langsam. Es war keine Mutprobe, sondern Teil der Ausbildung der kommunistischen Rekruten, der „Genossen", wie sie sich jetzt nannten. Es kam vor, dass sie Wetten abschlossen, wer mit einem einzigen Beilhieb einen Verräter enthaupten konnte und welcher Kopf auf der abschüssigen Wiese am weitesten rollte. Einer, der um seine Anerkennung in der Truppe kämpfte – Mao Zedong –, hörte nicht auf, den jungen Kommunisten einzuschärfen: „Die Revolution muss grausam sein, sonst wirkt sie nicht. Revolution durch Terror ist das Erfolgsrezept des Kommunismus, die Regierungsmacht kommt aus dem Lauf der Gewehre." Die Gewalt ist allgegenwärtig. Mao schreckt nicht einmal davor zurück, die eigenen Leute zu töten. Als er eine Verschwörung vermutet, lässt er 4.400 Offiziere und Soldaten hinrichten. Von solchen Gewaltorgien sind auch die Frauen nicht ausgenommen, sie müssen bei den bestialischen Bestrafungen mitmachen. Wer sich weigert, wird unter Androhung fürchterlicher Strafen gezwungen oder wird gleich selbst mitgetötet.

Einem etwas wohlhabenden Bauern wird vorgeworfen, die Tagelöhner ausgebeutet zu haben. Er wird auf fürchterliche Art gequält. Dann soll sein Sohn vor den Augen des Vaters getötet werden. Lui Shen wird „auserwählt", ihn durch einen Kopfschuss aus nächster Nähe zu exekutieren. Sie weiß, das ist ein Befehl, der ohne Skrupel und eiskalt zu erfüllen ist. Zitternd hält sie dem 15-Jährigen die Pistole an den Kopf. Ihre Blicke treffen sich – die tieftraurigen Augen des Jungen wird sie ihr Leben nicht vergessen. Dann schließt sie die Augen und drückt ab. Den Beifall der Genossen hört sie nicht mehr, sondern sie läuft querfeldein, stolpert über Erdhügel und Stöcke und weint nur noch vor Verzweiflung, vor innerem Schmerz, vor Ekel über sich selbst und aus Trauer um den schönen Jungen, den sie eben umgebracht hat. Auch am Abend kann sie sich nicht beruhigen.

Erst in der anbrechenden Nacht kommt ein russischer Agent auf sie zu, nimmt sie in den Arm und redet ihr gut zu. Sie können sich kaum verständigen, aber die Nähe eines Menschen tut so gut. Sie schlingt ihre Arme auch um ihn, findet etwas Trost, so an einen Menschen geschmiegt zu sein. Dies versteht er aber anders und so werden die Umarmungen zu Zärtlichkeiten und schließlich zu Intimitäten. Lui Shen lässt es einfach geschehen, die Zuwendung des Mannes ist so tröstlich und lässt sie tatsächlich das Schreckliche des Tages vergessen. In den nächsten Tagen kommen sie immer wieder zusammen und nicht selten ist es Lui, die seine Nähe und die erotische Lust sucht. Doch eines Tages wird dieser Genosse selbst erschossen, weil er einen Verbesserungsvorschlag macht, welcher als Kritik an der Parteileitung verstanden wird. Dann sind es andere Männer, die Lui Shen braucht, um zu vergessen, um inmitten des alltäglichen Terrors ein wenig persönliches Glück zu erfahren. Als sie merkt, dass sie schwanger ist, weiß sie nicht, wer der Vater des Kindes ist – zu vielen hat sie sich hingegeben. Ihr Hunger nach Männern ist jedoch schlagartig vorbei, doch das wollen nun die Genossen nicht einsehen. Lui Shen ist zur Hure der Jiangxi-Armee geworden. Erst als man ihr die Schwangerschaft deutlich ansehen kann, ist es Xiaoju, die sich schützend vor sie stellt. Sie kennt sich ja mit liebestollen Männern aus.

Als sie eines Tages einen schweren Korb mit mindestens hundert Bastsandalen ins Lager schleppt, spürt sie ein schmerzhaftes Ziehen durch ihren Körper gehen. Sie weiß, dass nun die Geburt losgeht. Eine Hebamme haben sie hier in Jiangxi nicht, aber einen Arzt. Xiaoju eilt zu ihm und trifft ihn inmitten von Kisten an, in die er medizinische Artikel und Medikamente verpackt. „Kann der Genosse Arzt zu der Gebärenden kommen?" (Die Worte „bitte" und „danke" waren als Überbleibsel der Bourgeoise abgeschafft.) Aber er sagt nur: „Wegen so einem Flutsch komme ich doch nicht extra rüber in das Lager. Es ist allein reingegangen und wird auch wieder allein rauskommen. Holt mich, wenn es Komplikationen gibt." Lui Shen kämpft mit den Wehen und der brutale Schmerz macht ihr Angst. Muss sie vielleicht jetzt sterben? Schweißüberströmt liegt sie auf dem einfachen Lager und wünscht sich ihre Mutter an die Seite. Auch nach ihrer Schwester Deborah ruft sie in ihrer Verwirrung, doch ob sie die an sich heranlassen würde, weiß sie nicht … Schließlich hilft ihr Xiaoju, einen gesunden Jungen zur Welt zu bringen.

Die Regierungstruppen der Guomindang haben ihre Taktik geändert, greifen nicht mehr in der Fläche an, sondern sie bilden nach Beratung mit einem deutschen Militär einen Ring mit etwa einer Million Soldaten um den Jangxi-Sowjet und kommen nun sogar mit Unterstützung von Flugzeugen auf das Zentrum zu. Das wäre das Ende der kommunistischen Revolution und viele befürchten den eigenen Tod. Die kommunistische Kommandoleitung sieht nur einen Ausweg: an einer Stelle den Ring durchbrechen – vielleicht mit vielen Opfern – und dann in Richtung Westen in die unwegsamen Berge der Provinz Yunnan fliehen. Die Vorbereitungen laufen hektisch, denn die Zeit drängt. Täglich kommen jetzt schon die Flugzeuge, werfen Bomben und richten so immer wieder Verwirrung und Zerstörung an. Sobald wieder etwas Ordnung in das Chaos gebracht ist, werden Kampfversammlungen gehalten. Die Ideologie muss täglich in die Köpfe hinein. Abweichler werden zur Abschreckung auch jetzt noch exekutiert, das schafft nicht nur eine Atmosphäre der Angst, sondern auch der Treue zum System. Bei der Flucht geht es nicht nur um das Überleben von Menschen, die der kommunistischen Idee anhängen, sondern die ganze Infrastruktur der Jiangxi-Republik muss gesichert und verpackt werden, der Ministaat muss erhalten werden, damit er neu erstehen kann. Dazu gehören Maschinen, um Munition herzustellen und diverse Reparaturen auszuführen, Stromaggregate für die Telefonverbindung und für die Maschinen, Treibstoff, Munition und Maschinengewehre, sogar Flakgeschütze. Eine komplette Druckerei haben sie dabei, denn die Propaganda ist eine der wichtigsten Waffen der kommunistischen Rebellen. Die Maschinen müssen so kleinteilig zerlegt und verpackt werden, dass sie von zwei bis vier Männern bewegt werden können. Später in den Bergen werden immer wieder Träger-Soldaten von den schweren Maschinenteilen in den Abgrund gerissen.

Wer kommt mit auf die Flucht? Alle natürlich – doch nicht alle sind transportfähig. Das Lazarett ist voll, weil die Ernährung in den letzten Wochen sehr schlecht war, einige Soldaten sind bei Gefechten oder durch Bomben verletzt worden und können unmöglich weite Strecken laufen. Ein paar Veteranen ist die Sache zu riskant und sie wollen lieber in Jianxi bleiben. Die Kommandoleitung ordnet an, alle zu erschießen, die nicht mitgehen können oder wollen, damit die Regierungstruppen von keinem durch Folter geheime Informationen bekommen können. Über 6.000 Leichen werden die Guomindang zwei Tage später hier vorfinden.

Natürlich muss Lui Shen mitkommen. Sie packt ihre wenigen Habseligkeiten in ein Tuch, in das sie ihren Jungen steckt, und bindet sich das Tuch auf den Rücken. Ein Kommandant, der die Truppenformationen zusammenstellt, sagt: „Der Brüllwanst bleibt hier. Wir können keine Kinder auf der Flucht gebrauchen. Der Kampfauftrag braucht deine ganze Kraft, Genossin

Lui. Hier, nimm das Messer. Na mach schon, du kannst dir ein Neues machen, wenn die Revolution gesiegt hat – ich kann dir dabei helfen", fügt er noch mit einem dreckigen Lachen hinzu. Doch Lui Shen, die jetzt drei Tage so etwas wie Mutterglück erfahren hat, wendet sich schnell ab, holt den Säugling aus dem Tuch und läuft mit dem Jungen im Arm davon. Niemals würde sie ihr Kind umbringen – aber verlassen muss sie es, das wird ihr nun schmerzlich klar. Krampfhaft überlegt sie, wie sie ihr Kind retten kann. Sollte sie mit ihm fliehen? Schon der Versuch würde ihr einen schändlichen und grausamen Tod zur Abschreckung für andere einbringen. Außerdem ist sie davon überzeugt, dass Frieden im Land sein und jeder Mensch in Glück und Wohlstand leben wird, sobald die Kommunisten erst ganz China erobert haben.
Bei all dem Grübeln kommt ihr eine Idee: Jeden Tag bringt ein älteres Ehepaar aus einem Dorf außerhalb des Sowjets Milch, weil einige russische Berater nicht auf Milch in ihrem Tee verzichten wollen. Dieses Ehepaar passt Lui Shen ab und übergibt ihm ihr Kind. „Bitte nehmt es mit in euer Dorf. Vielleicht findet ihr eine Amme, die es stillen kann. Wenn die Revolution gesiegt hat, hole ich mein Kind bei euch wieder ab. Ich werde euch dann sehr gut dafür belohnen." – „Aber gute Frau, was sollen wir mit einem Kind? Wenn die Kommandoleitung erfährt, dass wir hier Kinder entführen, sind wir so gut wie tot." – „Ich soll mein Kind töten, weil es nicht mit auf die Flucht gehen kann. Hier kann es nicht bleiben, die Regierungssoldaten werden es umbringen. Ihr seid seine einzige Chance. Habt Erbarmen bei allen euren Ahnen, die euch großgezogen und bewahrt haben, habt Erbarmen", fleht Lui sie an. „Schaut doch mal, was es für ein schöner

Junge ist." Sie hält ihren Sohn der Bäuerin vors Gesicht. „Das ist aber kein Chinese, der hat viel zu große Augen", bemerkt der Mann und sieht Lui kritisch an. – „Es ist mein Kind, sehe ich vielleicht wie eine Langnase mit Kuhaugen aus? Mein Kind darf nicht sterben, bitte nehmt es mit! Gebt ihm den Namen Josef." – „Aber so heißt hier niemand. Wenn er nicht nur aussieht wie ein Ausländer, sondern auch anders heißt als unsere Kinder hier, dann werden ihn die Leute im Dorf ‚Schlangenkind' nennen." Lui Shen ruft noch im Weggehen: „Er heißt Josef, so werde ich mein Kind später wiederfinden."

Unter der Leitung von Zhou En-lai durchbricht ein Tross von 80.000 Männern und 35 Frauen den Ring in unwegsamem Gelände. 15 Monate lang werden sie so über 10.000 Kilometer von den Truppenverbänden der Guomindang unter Leitung von Chiang Kai-shek gejagt. Von den 80.000 werden nur 7.000 das Ziel in Yan´an im Norden erreichen.
Lui Shen und Xiaoju sind zwei der wenigen Frauen. Sie haben jetzt nichts zu befürchten, weil die Flucht alle Kräfte der Soldaten und Offiziere beansprucht. Lui wird in der Propagandabrigade eingesetzt. Sie hält in den Dörfern Kampfversammlungen ab und soll die Bäuerinnen und Mägde, die wie Sklavinnen gehalten werden, von der befreienden Idee des Kommunismus überzeugen. „Ihr Frauen auf dem Lande! Seit Jahrhunderten werdet ihr ausgebeutet und habt keine Rechte. Eure Arbeitskraft wird ausgenutzt, damit reiche Schmarotzer, Großgrundbesitzer und Mandarine sich ein gutes Leben machen können. Hat je ein Reicher gefragt, wie es euch geht? Wenn es Missernten gab, dann sind eure Abgaben erhöht worden. Wenn

es Überschwemmungen gab, dann musstet ihr erst die Häuser der Reichen wieder aufbauen, ehe ihr eure eigene Hütte ausbessern durftet. Ihr habt Kinder in die Welt gesetzt, damit es noch mehr Arbeitskräfte für die Blutsauger in den Palästen gibt. Die schlechte medizinische Versorgung hat euch eure Kinder immer wieder durch Seuchen und Hunger genommen. Die Bonzen und Mönche in den Tempeln wollen eure Opfer, euer sauer verdientes Geld, eure letzten Reserven an Reis und Gemüse, um immer fetter zu werden. Ihr Frauen vom Lande, das ist jetzt vorbei! Die Ungerechtigkeit hat ein Ende! Wir, die Kommunisten, werden dafür sorgen, dass ihr zu euerm Recht kommt, dass jeder sein eigenes Land bestellt, dass keiner mehr ausgebeutet wird und die Frauen die gleichen Rechte bekommen wie die Männer. Eure Kinder, die ihr liebt, werden einmal in Glück und Wohlstand leben."

Immer wenn sie von den Kindern spricht, kommen ihr die Tränen, weil sie an ihren kleinen Josef denken muss, den sie so sehr vermisst. Die anderen Frauen meinen aber, sie sei so von der Vorstellung einer goldenen Zukunft gerührt, dass ihr die Freudentränen kommen. Manchmal lassen sie sich von der Sehnsucht und der Hoffnung nach einem besseren China anstecken, manchmal gehen die Frauen mit ungläubigen Gesichtern zurück an ihre Arbeit.

Die kommunistischen Truppen zeigen sich von einer sehr humanen Seite. Sie kaufen ihre Lebensmittelvorräte von den Bauern, bezahlen für Reparaturen an Uniformen und Kleidungsstücken. Allerdings bezahlen sie mit Beutegeld von Mandarinen, Händlern, Tempeln und reichen Bauern. Dort brechen sie unbarmherzig ein, morden rücksichtslos oder machen aus einer Hinrichtung ein Volksfest. In den Anklagen werden sämtliche Leiden und Bedrückungen der einfachen Landbevölkerung aufgezählt, auch wenn diese gar nicht von den Angeklagten verursacht wurden. Der Volkszorn wird geradezu provoziert, sodass bei der Urteilverkündung die aufgehetzte Versammlung unweigerlich den Tod des Volksverräters und Blutsauger fordert. Die Propagandaoffiziere verstehen es, aus jedem Reichen einen Konterrevolutionär und Verbrecher am einfachen Volke zu machen. Die einzige Gnade, die es für Mandarine und angesehene Kaufleute gibt, ist, dass der Verurteilte seine Strafe selbst wählen kann. Erschießen, erhängen, ertränken, lebendig begraben oder den Selbstmord mit einer Seidenschnur, die man sich selbst so lang um den Hals dreht, bis das Blut das Gehirn nicht mehr versorgt und die Atmung aussetzt. Dazu muss der Verurteilte gut sichtbar auf dem Dorfplatz stehen und wenn er dann tot umfällt, johlt die ganze Menge trotz der schauerlichen Zeremonie.

Wenn wenig Beute gemacht wird, kein Geld und keine Wertgegenstände zur Verfügung stehen, bezahlt man die Leistung des Dorfes mit Revolutionsgeld. Das sind bedruckte rote Scheine, die nach dem Sieg der Kommunisten in Geld umgetauscht werden können.

Nach einer schlimmen Woche, in der sie von der Guomindang in eine Falle gelockt wurden und große Verluste erlitten, zersprengt sich die kommunistische Truppe in mehrere Teile und jeder versucht irgendwie, aus der Klemme zu kommen. Es ist ein fürchterliches Chaos, die Regierungstruppen halten mit ihrer Übermacht auf alles, was sich bewegt. Die Kommunisten verlieren fast 10.000 Mann. Sogar Lui Shen und Xiaoju werden getrennt. Keine von beiden weiß, ob die andere noch lebt.

Der Truppenteil, mit dem Lui Shen unterwegs ist, schlägt sich in einem fast unbewohnten Tal durch. Auf Wegen, die nur einen Fuß breit sind, geht es im Gänsemarsch bergauf. Späher können ausmachen, dass die Regierungstruppen hier nicht in verdeckten Unterständen auf die Flüchtenden warten, Flugzeuge sind auch nicht zu hören. Die Einsamkeit legt sich lähmend auf die Männer und Lui stellt erschrocken fest, dass sie die einzige Frau in diesem Korps von etwa 500 Kämpfern ist. Man kann hier in der Wildnis in keinem Dorf etwas zu essen bekommen, es gibt weder Siedlungen noch Felder. Unterwegs müssen sie fünf Verletzte zurücklassen, deren Schicksal damit besiegelt ist. Irgendwann werden sich die Tiger, die Wölfe oder die Bären ihrer annehmen. Solche Raubtiere gibt es hier, aber wegen des Schlachtenlärms und der vielen Menschen halten sie sich im Dickicht verborgen.

Sie laufen oft auch während der Nacht, allerdings in vermindertem Tempo. Alle sind völlig entkräftet, aber die Angst vor Verfolgern treibt sie vorwärts. Am nächsten Tag erreichen sie tatsächlich ein Bergdorf mit 22 Häusern. Hier gibt es keinen Strom, kein Flaschengas und das Wasser wird an einem hölzernen Rohr geholt, welches aus dem Berghang ragt. Aber es gibt Verpflegung. Sie haben Schweine, Ziegen und Hühner. Gemüse wächst hier oben kaum noch, nur Bohnen sind reichlich vorhanden. In der Einsamkeit lebt dieses Dorf wie ein kleines separates Volk miteinander. Sie haben noch nichts vom Kommunismus gehört, wissen nur, dass irgendwie Krieg im Lande ist – weit weg von ihnen. Lui Shen wird in einer Hütte einquartiert, die einem Ehepaar gehört, dessen Sohn bei ihnen wohnt. Sie kümmern sich liebevoll um die Flüchtlingsfrau. Da sie einen Dialekt sprechen, ist die Verständigung schwierig und

als Lui versucht, ihnen die Vorzüge des Kommunismus zu schildern, winken sie nur ab und sagen: „Uns geht es gut, die Götter sind uns gnädig."
Die Kommandoleitung beschließt, in dem Dorf zu bleiben, bis ein weiterer Truppenteil die Sicherheitszone hier oben erreicht. Die Vorräte und der Tierbestand schwinden rapide, aber die Gastfreundschaft gebietet, nicht knausrig zu sein. Die Quartiereltern von Lui wollen wissen, ob sie mit ihren Eltern sprechen könnten. Sie würden gern mit ihnen ausmachen, welchen Brautpreis sie bezahlen, wenn ihr Sohn und Lui heiraten. Ihr Sohn braucht eine Frau und hier im Dorf ist keine zu finden. Sie würden keine hohen Forderungen stellen, es wäre nur wichtig, dass ihr Sohn eine Frau hat und eines Tages einen Sohn bekommt, der dann die Großeltern bei sich aufnimmt. Nach ihrem Tod könne der Nachkomme dann ihnen als Ahnen Opfergaben bringen. Lui versteht nur die Hälfte, ihr ist aber klar, dass sie hier in eine missliche Lage kommt. Natürlich kann sie die Heirat nicht ablehnen, aber die Eltern können auch nicht befragt werden – wie auch? Ihre Mutter ist irgendwo in einem Kloster und ihr Vater ist längst tot. Das kann und will sie den einfältigen Gasteltern natürlich nicht sagen und der Sohn – nun, der ist sicher zehn Jahre jünger als sie – kann weder lesen noch schreiben, versteht nichts von der modernen Welt und mit ihm ist es nicht möglich, dem Kommunismus zum Sieg zu verhelfen.
Doch eines Abends wird es spannend. Die Hausfrau stellt Lui eine Schüssel mit warmem Wasser hin, sogar ein Stück selbst gemachte Seife ist dabei. Lui genießt es, endlich einmal ihren geschundenen Körper warm zu reinigen, ein Genuss – aber welche Absicht hinter der netten Geste steckt, ahnt sie schon. Als sich am Abend dann der junge Mann zu ihr legt, stehen die Eltern in

gebührendem Abstand in der düsteren Hütte und wollen Zeugen sein, wenn die beiden den ehelichen Akt vollziehen. So ist es hier Sitte. Doch nicht mit Lui! Sie springt auf, stößt den Tölpel, der bisher noch kein Wort mit ihr gesprochen hat, zur Seite und macht deutlich, dass erst die Genehmigung ihrer Eltern eingeholt werden muss, ehe hier mehr passieren könne. Enttäuscht ziehen sich die Eltern in ihre Schlafecke der Hütte zurück, der Sohn muss irgendwo draußen übernachtet haben – aber das warme Bad war herrlich!

Als die Nachhut kommt, geht es weiter. Das Dorf ist „leer gefressen", aber auch die Verluste unter den Kämpfern sind groß. Es fehlen junge, kräftige Männer. Wie üblich, werden auch hier in dem kleinen Dorf die Reihen durch „Freiwillige" aufgefüllt. Der Kommandant befiehlt alle Bewohner auf den Dorfplatz, sie sollen sich in Familien aufstellen. Es sind viele Alte, aber auch Kinder und Ehepaare in den besten Jahren dabei, die nun erwartungsvoll dastehen. Lui stellt fest, dass tatsächlich keine jungen Frauen für den Sohn ihrer Gastgeber dabei sind. Er steht mit seinen Eltern da und hat den Kopf gesenkt. Nur keinen Blick zu ihr, die seine Frau werden wird – wenn ihre Eltern zustimmen. Dann geht der Kommandant die Reihen entlang und tippt einzelne Männer an; sie sollen sich in die Mitte stellen. Unter den zwölf Männern ist auch der Sohn der Quartiergeber. Kommt jetzt eine Belobigung für die aufopferungsvolle Gastfreundschaft? Werden jetzt besondere Ehren verteilt?
Die Rede des Kommandanten beginnt schmeichelhaft: „Wir sind euch zu Dank verpflichtet für eure Versorgung und für das gute Miteinander die letzten Tage. Ihr habt mit eurer Gastfreundschaft bewiesen, dass ihr das neue China unterstützt und mit uns einig seid, dass

der Sieg des Kommunismus die Zukunft ist. Ich verleihe euch hiermit den Titel ‚Dorf der erhabenen Bastion auf dem Weg zum Sieg'. Damit dürft ihr euch jetzt schmücken" – und auf einen Wink hin bringen zwei Soldaten ein Schild, auf dem eben dieser Titel mit künstlerischer Schrift gemalt ist. „Doch unsere Verluste sind zu groß, die Banditen des Chiang Kai-shek haben unsere besten Männer umgebracht. Nun seid ihr es", damit wendet er sich an die Männer in der Mitte, „die mit uns dem Sieg entgegengehen." Das Erschrecken könnte nicht größer sein. Frauen schreien auf, Mütter wollen ihre Söhne zurückholen, doch die Soldaten sind solche Aktionen gewöhnt, sie schirmen die „Auserwählten" ab.
„Meine Wahl ist endgültig, ihr kommt mit uns." Zu den erstarrten Eltern und Ehefrauen sagt er: „Wir nehmen euch die Männer und Söhne nicht weg, wir borgen sie aus für den großen Sieg des Kommunismus. Sie werden als Helden und glückliche Sieger wieder zu euch zurückkehren. Wenn allerdings einer von den neuen Kämpfern unentbehrlich im Dorf ist, dann beschafft einen Ersatz, einen starken Menschen, der einspringt. Morgen früh marschieren wir weiter. Bis zum Hahnenschrei muss der Tausch passiert sein."
Lui Shen muss noch einmal in ihr Quartier, doch die Gastgeben sind tief verzweifelt. „Warum musst du uns das antun? Wir wollten eine Schwiegertochter und nun haben wir den Sohn verloren." Am nächsten Morgen gibt es kein Frühstück und die Mutter sagt nur: „Pass gut auf ihn auf, er kennt doch das Leben noch nicht und vielleicht heiratet ihr ja doch noch." Mit Tränen in den Augen stehen die Dorfbewohner vor ihren Hütten und beobachten den Abzug der Armee mit ihren besten zwölf Männern – mit der Zukunft des Dorfes. Das kunstvolle Schild, die Ehrung des Dorfes, würden sie nie aufhängen.

Zwischen den Fronten

Xiaoju hat es bei Weitem schwerer getroffen als Lui Shen. Ihre Einheit wird buchstäblich von Dorf zu Dorf gejagt. In den Kämpfen sind sie den Regierungstruppen total unterlegen. Nur der Mut der Verzweiflung – oder die Todesangst – lässt sie immer wieder Schlupflöcher oder gute Verstecke im Gebirge finden. Ihr Anführer, der sich General Jirong nennt, ist ein ausgemachter Fuchs. Es gelingt ihm sogar, einzelne Kämpfer der Guomindang in Fallen zu locken, ihnen die Waffen abzunehmen, Munition und Lebensmittel zu erbeuten. Dann folgt der übliche Tausch: „Entweder du stirbst oder du kämpfst jetzt bei uns auch gegen deine ehemaligen Kameraden." Auch Jirongs Truppe braucht immer wieder neue Kämpfer und rekrutiert sie aus den Dörfern, durch die sie ziehen. Dabei geht er aber anders vor: Er will nur Freiwillige. Die Familien, die einen Freiwilligen stellen, bekommen 1.000 Yuan, die neue Währung der Kommunisten. Das ist nicht etwa ein Bündel Scheine, sondern ein rotes Blatt, auf dem „1.000 Yuan" steht mit dem Siegel der Kommunisten als Garantie. Xiaoju ist die Zahlmeisterin. Feierlich überreicht sie den Familien ein solches Blatt, das sie selbst als „Totenschein" bezeichnet. Auch die Familien durchschauen diese Praxis bald und es meldet sich kaum noch jemand freiwillig. Daraufhin werden die Freiwilligen kurzerhand bestimmt – aber ohne scheinheilige Belohnung. Und noch eine andere Taktik hat Jirong. Er führt Geiseln mit sich, für deren Befreiung er

Lösegeld einfordert. Das sind oft Mandarine, bei denen nicht viel zu holen ist. Aber er weiß, dass diese ihr Vermögen unter Freunden aufgeteilt haben. Nun fordert er hohe Summen und droht, die Geisel zu ermorden, falls nicht gezahlt wird. Um der Forderung Nachdruck zu verleihen, werden der Geisel ein Finger, eine Hand, ein Fuß oder ein anderes Körperteil abgetrennt und an die Freunde geschickt. Mancher wird so freigekauft, mancher stirbt nach tagelanger, strapaziöser Flucht verstümmelt oder er bekommt den Gnadenschuss.
Xiaoju ist abends meist todmüde, wacht aber nachts oft durch schreckliche Träume auf. Tagsüber verhärtet sie ihr Herz und sie kann sehr grausam zu Gefangenen sein, aber in den dunklen Nachtstunden rächt sich das. Sie hat Angst, dass sich all das Leid, das sie mit den Soldaten im Land anrichten, sich eines Tages gegen sie wenden könnte. Dann ist an Schlaf nicht mehr zu denken.
Es ist bereits Abend, als die Truppe Jirongs ein Dorf erreicht, in dem die Abendglocke einer kleinen Kirche zum Gebet ruft. Keiner der Männer nimmt davon Notiz, nur Xiaoju hat ein wehmütiges Gefühl. Wie in Han Yang bei den Franziskanerinnen, denkt sie und lauscht der Glocke. Wie wird es dort jetzt aussehen? Was ist aus den Menschen geworden? Aus Mister Ruppert, aus Suzanne, aus Orlando und den Schwestern – und aus ihrer Pflegemutter Lui Nan und Deborah?
Es ist ein armes Dorf, aber die Bewohner geben freiwillig ihre Lebensmittel her, weil sie ja sonst geraubt werden würden und weil Plünderungen immer zerstörerisch und voller gieriger Gewalt sind. Unterkunft nehmen die meisten Soldaten in der Kirche – da ist es trocken, da ist genügend Platz und es stinkt nicht so wie in den Katen, in denen Menschen und Tiere gemein-

sam leben und die voller Ungeziefer sind. Jirong und einige Offiziere nehmen Quartier im kleinen Pfarrhaus. Ein junger Priester ist da, den man im Dorf als „Pater Markus" kennt, und ein älterer Diener. Sie bereiten den Einquartierten ein bescheidenes Mahl. „Du bist doch ein katholischer Priester? Ihr habt doch für euern Hokuspokus immer Wein da. Los, lass ihn uns probieren." – „Herr Kommandant ..." – „Herr General, bitte!" – „Hoher General, ich bitte um Verzeihung, aber das ist geweihter Wein, den trinke ich nur zur heiligen Messe. Der ist nicht für den üblichen Gebrauch bestimmt." – „Ist es Wein oder nicht? Also her mit der Brühe! Wir werden prüfen, ob es geweihter oder normaler Wein ist." Seine Offiziere lachen und man merkt ihnen an, dass auch sie einem Schluck Wein nicht abgeneigt wären. Der Priester ist sich unsicher, ob er den Frevel in seinem Haus dulden soll. Doch als Jirong fordernd mit dem Messer auf den Tisch klopft, versteht er das als deutliches Zeichen, dass er jetzt Wein will und nicht davon abzubringen ist. Der junge Priester geht in sein Gebetszimmer, holt die angefangene Flasche und versteckt dabei geschickt eine zweite, ungeöffnete Weinflasche im Papierkorb.

Viel zu schnell ist die Flasche leer. „Das war doch wohl nicht alles, was uns das Heiligtum zu bieten hat? Her mit der nächsten Flasche und allen Reserven!" Der Priester will nicht die Unwahrheit sagen, damit er nicht als Lügner dasteht, wenn sie die Flasche im Papierkorb finden. „Ehrwürdiger General, ich habe Ihnen gegeben, was ich geben konnte. Wir sind eine arme Gemeinde und haben keine großen Reserven. Der Wein muss aus der Diözese in Langhu herbeigeholt werden und das ist jedes Mal eine Woche Weg. Darf ich Ihnen noch etwas von unserem Holundersaft anbieten, der ist sehr köstlich, und einen Rest Hwang-dsiu habe ich auch noch – ich nehme ihn als Medizin", setzt er fast entschuldigend hinzu. „Her damit und mache dich bereit, morgen werden wir ein Stück mit dir wandern. Du hast doch ein Telefon, wie ich an den Leitungen zu deinem Haus gesehen habe. Also rufe deinen Oberpriester an und sage ihm, wir benötigen 3.000 Dollar. Er soll sie an uns zahlen, wenn ihm dein Leben etwas wert ist." Der Priester muss schlucken, sein Mund ist plötzlich sehr trocken. Er, eine Geisel! 3.000 Dollar Lösegeld, das ist doch unmöglich! Also werden sie ihn umbringen. Dieser General lässt sicher keine Gnade walten. Normalerweise akzeptieren die Kommunisten jede im Lande übliche Währung, aber von Ausländern erpressen sie immer Dollars, weil nichts über deren Wert geht. Und Christen sind Ausländer, auch wenn er, das ehemalige Findelkind, ein Chinese ist. „Hallo, hast du gehört, du sollt bei deinem Bonzen anrufen. Jetzt, ich will hören, was du zu ihm sagst."

Der Priester geht zum Telefon und hofft, dass sein Vorgesetzter in der Kreisstadt Langhu nicht da ist. Doch dann meldet sich Monsignore Trudo. „Gelobt sei Jesus Christus! Monsignore, hier spricht Pater Markus. Bei mir in der Pfarre sind die kommunistischen Rebellen …" – „Wir sind die Befreiungsarmee des Volkes", brüllt Jirong dazwischen … „Sie werden mich als Geisel nehmen und fordern von Ihnen 3.000 Dollar Lösegeld …" – „Sage ihm, dass wir das Geld nur ausborgen, da wir es jetzt brauchen. Wenn die Revolution gesiegt hat, kriegt er seine Kröten zurück." – „Haben Sie das mithören können, Monsignore? Also nur ausborgen." Nach einer Weile: „Seine Exzellenz lässt Ihnen ausrichten, dass es kein Geld geben wird. Mit Rebellen werde er keine Vereinbarungen treffen." Pater Markus behält für sich, dass Monsignore Trudo eigentlich von „Banditen" gesprochen hat. „Das wird ihm noch leidtun. Entweder er zahlt 3.000 Dollar oder dein Leben ist keine Sapeke wert." Was Pater Markus ebenfalls nicht wiedergibt, ist, dass der Monsignore darum bat, wenn es sich irgendwie machen ließe, ihn noch einmal unbewacht anzurufen. Aber dazu hat Markus keine Gelegenheit mehr. Er wird an den Händen gefesselt und in das Quartier von Xiaoju gebracht. Auf dem Weg dahin fragt Jirong den Priester: „Wieso nennst du dich Markus? Hast du keinen ordentlichen chinesischen Namen?" – „Ich bin ein Waisenkind und wurde von den Franziskanerinnen bei Wuhan aufgezogen. Die gaben mir diesen Namen."

Xiaoju bekommt den Befehl: „Hier, das ist dein persönlicher Gefangener, ein harmloses Priesterlein, aber er ist 3.000 Dollar wert. Sorge dafür, dass er nicht türmt und nicht von irgendjemandem befreit wird, sonst wirst du mir die 3.000 Dollar bezahlen! Dein Gewehr hast du dabei?" Dann bindet er Pater Markus auch noch die Füße zusammen und befestigt den Strick an einem Balken. Jirong macht sich im Pfarrhaus ein gemütliches Quartier.
Xiaoju, die schon – wie die Bauersleute – geschlafen hatte, nimmt alles nur mit halb wachen Sinnen wahr, schleift ihre Strohmatte vor die Ausgangstür, legt das Gewehr bereit und schläft bald wieder ein. Am Morgen wird sie wach, weil der Gefangene sich auf seinem Stroh viel bewegt. Sie richtet sich kurz auf und fragt, was los ist. „Ich muss dringend auf die Heimlichkeit." Xiaoju weckt den Bauern und bindet dem Priester Hände und Füße los. Mit ihrem Gewehr im Anschlag begleitet sie die beiden auf die primitive Toilette hinter dem Haus. Wie sie so hinter dem Priester steht, sieht

sie, dass er am Kopf links eine kahle Stelle hat. Als sie wieder zurück im Haus sind, betrachtet sie sein Gesicht genau, ist sich aber nicht sicher. Kennt sie den Mann? Aber nein, das ist unmöglich, sie sind hier mindestens 1.500 Kilometer von Hang Yang entfernt. Er ist ungefähr zehn Jahre jünger als sie und hat er nicht etwas gehinkt, als er von der Toilette zurückkam?

„He, du Priester, heißt du etwa Markus?" Erstaunt schaut er hoch und fragt: „Hat dir das dein Rebellenführer erzählt?" – „Nein, ich kenne dich, du bist aus Maria Herz und ich war in Han Yang ein paar Monate deine Lehrerin." – „Xiaoju? Ist das wahr? Was machst du hier bei den Kommunisten?" Eigentlich wollte er sie jetzt umarmen, aber sie hat ihn bereits wieder gut verschnürt, damit ihr das persönliche Anhängsel nicht verloren geht. Das Ehepaar im Hause hat die Unterhaltung mitbekommen und inzwischen ein einfaches Frühstück bereitet. Der Mann sagt: „Hochwürden, darf ich Sie bitten, das Morgengebet zu sprechen?" Aha, denkt Xiaoju, es sind auch solche Christen hier. In den Schlussvers, während sich alle bekreuzigen, fällt Xiaoju mit ein: „Im Namen des Vaters und des Sohnes und des Heiligen Geistes. Amen." Jetzt sehen die anderen sie erstaunt an. Schnell will sie jeden Verdacht zerstreuen und sagt: „Ich kenne das aus früherer Zeit, aber nun bin ich Kommunistin und habe mein Leben der Zukunft Chinas gewidmet. Religion ist überholt und wird nach dem Sieg der Revolution keine Rolle mehr spielen. Wir bauen eine Volksgemeinschaft ohne Aberglauben und Kapitalismus auf nach dem Vorbild der Sowjetunion." Danach gab es keine Gespräche mehr.

Jirong hat die halbe Nacht telefoniert. Auf ihrer Flucht kommen sie nur selten an ein Telefon. Es ist nun geplant, sich mit dem „Ersten Korps", dem Haupttrupp der Fluchtarmee, wieder zu vereinigen. Hinter Chengdu am Quingcheng Shan wollen sie aufeinander warten. Die Guomindang haben sie inzwischen abgeschüttelt oder vielmehr: Diese mussten ihre Armeen zurückziehen, da Japan China erneut attackiert. So kommen sie verhältnismäßig schnell voran. Nur kleine Gruppen von Bewaffneten der Mandarine und Regionalfürsten halten sie auf und ziehen sie in Gefechte hinein. Es ist wie immer: Es gibt Tote auf beiden Seiten, Überläufer, Beute und junge Männer, die in die Armee der Rebellen gezwungen werden. Jirong sieht, dass Xiaoju mit ihrem Gefangenen gut zurechtkommt. Er scheint ein frommes Lamm zu sein, das keinen Fluchtversuch unternimmt. Deshalb nimmt ihm die Bewacherin auch bald die Handfesseln ab und es gibt bequeme Wegstrecken, auf denen sie nebeneinander gehen können, miteinander plaudern und Erinnerungen austauschen. Markus ist sehr interessiert an der kommunistischen Lehre, merkt aber bald, dass Xiaoju eigentlich nur Parolen auswendig gelernt hat.

Mit Jirong kommt er auch öfters zusammen, da der wissen will, ob Markus geheime Nachrichten von seinem Bonzen aus Langlu bekommen hat. Er selbst hat schon öfters Boten zurückgeschickt, die aber noch keine positive Nachricht mitbrachten. Inzwischen sind sie so weit von Langlu entfernt, dass die Boten Wochen brauchen, um wieder an die Armee anzuschließen – und gefährlich ist es ja auch, zumal wenn sie tatsächlich Geld mitbringen. So lässt er Markus leben und will die oberste Kommandoleitung entscheiden lassen, was mit ihm geschehen soll. Aber die Gespräche mit dem Priester machen Jirong Freude, weil Markus ehrlich interessiert scheint, auch Verständnis zeigt für einen barmherzigen Umgang mit der Landbevölkerung und die Umverteilung der Reichtümer der Mandarine und Großgrundbesitzer. Immer wieder zitiert Markus die Seligpreisungen Jesu, die auch Jirong bald auswendig kann.

Am Berg Quingcheng Shan wartet schon die Hauptmacht der Armee. Zhou En-lai und Mao Zedong sind dabei. Die wieder vereinte Armee formiert sich neu, Jirong wird in das Zentralkomitee aufgenommen und in einer neuen Strategie geht es am Rande der tibetischen Ostberge bis in den Norden der Provinz Gansu, nach Yan´an am Rande des Baiyu Shan Gebirges. Von den 80.000 Gefolgsleuten aus Jianxi sind nur 7.000 angekommen. Hier entsteht die neue Sowjetrepublik, nun mit Mao Zedong an der Spitze.

Zhou En-lai ist ein Stratege. Er denkt schon an später, er denkt weiter. Wie wird es sein, wenn die Kommunisten die Macht über alles in diesem Riesenreich mit über 400 Millionen Menschen haben? Wie gestaltet sich die Wirtschaft? Wie baut man Beziehungen zum Ausland auf – nicht nur zur Sowjetunion? Welche Rolle soll die Kultur spielen und kann man schon ganz auf Religion verzichten? Das Volk ist sehr stark religiös, und ihm alles zu verbieten, könnte den Aufbau des Landes behindern. Wir brauchen zum Aufbau des neuen China auch die religiösen Kräfte. Nur, wie kriegt man die unter Kontrolle? Der Daoismus ist ungefährlich. Der Buddhismus muss auf den Kult der Räucherstäbchen reduziert werden. Der Islam wird im Norden des Landes eine unbedeutende Rolle spielen, aber die Christen müssen ihren ausländischen Einfluss verlieren! Die unzähligen Missionare beschließt er, nach Hause zu schicken. Die Schulen, Universitäten und Krankenhäuser könnten von ihnen übernommen werden. Schwierig wird es mit den Katholiken werden. Die Bindung an den Papst wird sie immer unberechenbar machen. Sie dürfen nicht von Rom abhängig sein, sondern müssen sich der Partei unterordnen – wie alle im Lande.

Da kommt ihm die Geisel aus der Gegend von Langlu gerade recht – ein junger Priester, der sich auch Gedanken um das Volk und um die Zukunft Chinas macht. Er lässt ihn zu sich kommen.

„Priester Markus, ich habe gehört, dass Sie ein sehr verständiger und moderner Priester sind. Ihnen liegt das harte Los der elenden Landbevölkerung am Herzen. Das finde ich gut und unerlässlich für das neue China. Ich erkläre sie hiermit zum ‚freien Gefangenen'. Bleiben Sie hier bei uns und beraten Sie mit mir, wie wir die Religionspolitik des neuen China gestalten können."

„Vielen Dank für die Rehabilitierung, Genosse Zhou En-lai, aber ich habe ein Priestergelübde abgelegt und muss zurück zu meiner Gemeinde. Dafür hat mich Gott berufen, ich muss ihm gehorsam sein."

„Vielleicht hat mich der Priester nicht ganz verstanden: Sie sind und bleiben ein Gefangener, dürfen sich aber hier im Sowjet frei bewegen. Sie haben die große Aufgabe, die Lage der Kirche in der Zukunft mitzubestimmen. Das ist sozusagen eine höhere Aufgabe als in einem jämmerlichen Kaff den alten Frauen Trost zu spenden. Gibt es in Ihrer Kirche nicht auch so etwas wie Beförderung? Sehen Sie es doch mal so: Sie werden befördert zu einer wichtigen religionspolitischen Aufgabe!"

Bald hat sich auch das 5. Korps der Revolutionsarmee mit Kommandant Zhee und Lui Shen nach Yan´an durchgeschlagen. Sie haben den Weg über die verschneiten Gebirgspässe genommen. Viele der Soldaten sind verhungert, erfroren oder haben eitrige Erfrierungen an Füßen, Händen und im Gesicht. Sie bieten ein Bild des Jammers, aber der Sieg über die Verfolger und über die Natur hält sie aufrecht. Lui Shen hat nur deshalb überlebt, weil der ihr zugedachte Ehemann ihr seine Jacke und seine Filzstiefel gegeben hat, die er einem verwundeten Regierungssoldaten ausgezogen hatte. Daraufhin war er selbst erfroren. Lui Shen verbietet sich irgendwelche sentimentalen Gefühle. „Es ist Revolution und Terror und Tod gehören zum Sieg", sagt sie sich. Aber dass er sich sozusagen für sie geopfert hat, berührt sie doch. Sie ist jetzt 35 Jahre alt, da wird es wohl nichts mehr werden mit einer Hochzeit. Wieso auch, ein Kind hat sie ja bereits, einen prächtigen Jungen, an den sie immer wieder denken muss, besonders in der Nacht – ihren Josef. Wie es ihm wohl geht? Ob er jetzt schon laufen kann? Zu wem er wohl „Mama" sagt?

Lui Shens Wiedersehen mit Xiaoju, die inzwischen 45 Jahre alt ist, wird ein richtiges Fest. Beide hatten voneinander gedacht, dass sie in den Kämpfen, bei den strapaziösen Wanderungen oder durch die miserable Verpflegung gestorben seien. Nein, sie leben und die Freude ist riesengroß!
Sie werden beide vor dem Morgenappell belobigt und als „Mütter der Revolution" geehrt. Ihnen wird ein Orden verliehen, den sie nun stolz tragen. Viele der Soldaten und Offiziere blicken neidisch und anerkennend zu ihnen und mancher macht sogar einen Heiratsantrag. Von den Männern, mit denen sich Lui Shen eingelassen hat, hat keiner den Marsch überlebt. So ist auch der Vater ihres Kindes tot, wer es auch gewesen sein mag.
Mao Zedong ist von der Standhaftigkeit der Frauen überrascht und hat den Plan, einen Frauenverband zu gründen. „Die Frauen tragen die Hälfte des Himmels",

pflegt er zu sagen. Er schätzt die beiden Frauen als kampferprobt, intelligent und durchsetzungsstark. So beauftragt er sie mit der Bildung des „Ersten revolutionären chinesischen Frauenverbandes".

„Und mit welchen Frauen sollen wir den Verband gründen? Hier gibt es ja kaum welche. Vom Marsch sind nur wenige übrig", wendet Lui Shen ein. Xiaoju nickt dazu und kann sich das eigentlich auch nicht vorstellen.

„Dann geht in die Dörfer und Städte der Umgebung. Klärt die Frauen über die Vorzüge des Kommunismus auf und ermutigt sie, zu uns zu kommen. Wir brauchen Frauen für unsere mutigen und aufopferungsvollen Kämpfer."

„Nein, Genosse Mao, das werden wir nicht. Wir sind doch keine Kupplerinnen oder helfen dabei, dass hier ein großes Bordell entsteht", sagt Xiaoju aufgebracht.

„Ihr versteht mich falsch, es geht nicht um ein Bordell, sondern ich will, dass unsere Männer gute Frauen finden, Familien gründen und Kinder bekommen, viele Kinder für die Revolution und das neue China."

„Und was sollen wir den Frauen und Mädchen sagen?"

„Die Bildung der Massen geht immer von der Ideologie aus. Überzeugt sie, dass sie im Kommunismus den gleichen Wert wie die Männer haben, ‚Gleichberechtigung' nennt das die westliche Welt. Frauen können genauso hart arbeiten wie Männer, in allen Berufen sind sie gleichwertig. Lehrt sie, ihre Würde als vollwertige Kämpferinnen in der Industrie und Landwirtschaft zu entdecken und zu leben. Holt sie heraus aus den Küchen und von den Reisfeldern. Lehrt sie, mit Maschinen und Elektroaggregaten zu arbeiten, und bringt ihnen bei, Gewehre zu bedienen und Städte zu bauen. Die traditionellen Kräfte werden das zwar verhindern wollen, aber ihr seid die Agitprop-Gruppe der Zukunft eines

großen Landes. Helft, dass sie sich zusammenschließen und ihre geballten Kräfte entdecken. Wir werden die Frauen hier mit den technischen Vorgängen vertraut machen und ihr werdet staunen, welches Potenzial sie entwickeln! Wenn Frauen von der revolutionären Idee angesteckt sind, werden sie diese stärker und intensiver durchsetzen als Männer – das sind meine Erfahrungen, und das ist so!" Xiaoju und Lui Shen schauen sich an und Mao hat den Eindruck, sie hätten sich zugenickt. „Ich werde euch Propagandamaterial besorgen. Bald wird die Druckerei ihren Betrieb wieder aufnehmen, und Geld bekommt ihr auch, damit ihr euch nicht in den Dörfern durchfressen müsst. Wir werden inzwischen Unterkünfte für die Frauen schaffen, die hierherkommen. Das mit dem Interesse an Familie und so, das kommt dann von ganz allein. Unsere Männer haben auf dem Marsch viel entbehrt. Ihr bekommt für euren Auftrag auch warme Jacken und dicke Hosen. Das ist zwar Männerkleidung, aber wir machen hier keinen Unterschied mehr." Und dann kneift Mao die Augen zusammen und sein Gesicht wird hart wie Stein: „Und du, Xiaoju, wirst mich nicht noch einmal kritisieren. Ich brauche dich jetzt, aber verlass dich darauf, wenn es mit der Frauenliga nichts wird, dann ist dein Leben nichts mehr wert. Ich habe ein verdammt gutes Gedächtnis. Na ja – an die Arbeit mit euch!"
Als sich Mao wieder in sein geheiztes Hauptquartier zurückbegeben hat, fragt Xiaoju: „Warum machen wir eigentlich einen Frauenverband, wenn es keinen Unterschied mehr zwischen Männern und Frauen gibt?" Beide müssen lachen.
Nun hocken die beiden Frauen viel zusammen und machen Pläne, beraten ihr Vorgehen, arbeiten Reden aus und erstellen sogar einen Zeitplan. Auf alle Fälle

wollen sie die Frauen, die sie in die Sowjetrepublik einladen, davor bewahren, als Sexobjekte missbraucht zu werden.

Plötzlich sagt Xiaoju: „Weißt du, wer auch hier ist? Markus! Er ist als Geisel in Sichuan mitgenommen worden. Man wollte 3.000 Dollar für ihn haben, aber ich glaube, die sind nie bezahlt worden. Wir haben unterwegs oft miteinander geredet. Er hat das alles ziemlich entspannt gesehen. Auch mit General Jirong – das ist ein alter Angeber – hat er sich gut unterhalten. Nun ist Markus sogar oft mit Zhou En-lai zusammen. Ich glaube, die verstehen sich ganz gut, obwohl Markus ja ein Priester ist." – „Was, ein Priester?" – „Ja, er war doch in Shanghai auf so einer Spezialschule für Jungen und dann hat er dort auch die Priesterausbildung gemacht. Und dann haben sie ihn in ein Bergdorf in Sichuan gesteckt. Das waren dort alles arme Leute." – „Hat der Priester Markus etwas von meiner Schwester Deborah erzählt, der alten Krähe? Ist die gar auch Nonne geworden? Ich würde ihr das zutrauen." – „Natürlich habe ich auch nach ihr gefragt, aber er weiß nur, dass sie mit deiner Mutter auf eine andere Missionsstation gegangen ist. Doch das ist ja nun schon über zehn Jahre her. Er hat also keine Ahnung."

„Mir ging es ähnlich", berichtet Lui Shen. „Ein Wunder, dass ich die Strapazen alle überlebt habe. Es gab in den armen Dörfern kaum etwas zu essen, aber einen Mann hatten sie für mich." Und dann erzählt sie mit viel Lachen von ihrer geplanten und geplatzten Hochzeit. Dass ihr Ehemann in spe sich in den Schneewüsten der Hualong-Berge für sie geopfert hat, erzählt sie nicht, weil ihr das immer noch einen Stich ins Herz gibt – so viel Liebe in grausamsten Zeiten. Von ihrem Sohn Josef erzählt Lui Shen auch. Es macht sie stolz,

Mutter zu sein und von Xiaoju ein wenig beneidet zu werden, aber der Schmerz sitzt tief. Ob sie ihn jemals wiederfinden wird? Sie spürt, dass der Sieg des Kommunismus noch weit entfernt ist und dass es noch Jahre dauern wird, bis sie die Suche aufnehmen kann. Wo war das doch damals, noch vor dem Langen Marsch? Es war in der Provinz Jianxi in der Nähe einer größeren Stadt. Das Lager war in einem Talkessel, in dem ein kleines Dorf lag. Krampfhaft grübelt sie nachts, wenn sie nicht schlafen kann und ihren Sohn in die Arme nehmen möchte, wie diese Stadt wohl hieß und ob das arme Dorf überhaupt einen Namen hat. Vielleicht war es nur eine kleine Ansammlung von Bauernhäusern ganz ohne Namen, wie es viele im weiten Land in China gibt. Aber ihr Trumpf, der sie immer wieder lächeln lässt, ist der fremde Namen „Josef". So heißt sonst niemand. Der wird ihr helfen, ihr Kind wiederzufinden – irgendwann.

Unfreiwillig Mutter

Was Lui Shen nicht weiß: Das Bauernehepaar hat den kleinen Josef tatsächlich angenommen. Mit verdünnter Milch haben sie ihn mehr schlecht als recht ernährt. Sie fanden schließlich eine Amme, die gute Milch hatte, aber sie erhöhte ständig die Preise und redete schlecht über den Jungen. „Der hat so blöde Kuhaugen und sieht wie ein ausländischer Teufel aus. Er saugt mir die ganze Harmonie aus dem Leib. Immer wenn ich ihn anlege, bekomme ich Fieber, er ist ein Dämon." Hin und wieder fanden die Pflegeeltern am Morgen vor der Eingangstür zu ihrer ärmlichen Kate einen tote Hühnerkopf oder einen stinkenden Fisch. – Ein deutliches Zeichen, dass die Dorfgemeinschaft sie vertreiben wollte. Irgendwann werden sie handgreiflich werden, befürchteten sie. Schließlich konnten die Pflegeeltern die Amme nicht mehr bezahlen. So beschlossen sie, das Kind auszusetzen.

Wer ein Kind aussetzt, der legte es entweder vor das Haus des Feng-Shui-Meisters, des Dorfältesten oder in den Tempel. Doch all dies konnte das Ehepaar nicht tun, weil alle wussten, dass sie dieses ausländische Kind aufgenommen hatten. Blieb nur die unsanfte Möglichkeit, das Kind an eine Klippe zu legen. Wenn es sich bewegte und hinabstürzte, dann sollte es eben so sein. Wenn es sich vom Rand der Klippe wegbewegte und von jemandem gefunden wurde, dann hat es die Chance weiterzuleben. Für diese Art des Aussetzens hätten sie aber weit laufen müssen, bis sie einen steil abfallen-

den Berg gefunden hätten. Vor allem weit genug weg hätte es sein müssen, damit niemand das Kind erkannte und ihnen zuordnen konnte.
Blieb die barbarischste Art: das Kind im Wald aussetzen und es den wilden Tieren überlassen. Ein Tiger war lange nicht in der Nähe des Dorfes gesichtet worden, aber im Wald lebten Wölfe und Bären, die einen wehrlosen Säugling nicht verschmähen würden. So machte sich das Ehepaar an einem Spätnachmittag auf den Weg in den dichten Wald, der sich den Hügel hinaufzog. Dem kleinen Josef hatten sie nur ein dünnes Hemd angezogen. Die Frau wärmte Josef mit ihrem Körper, weinte aber die ganze Zeit aus Verzweiflung, dass es keinen anderen Weg gab, das Kind loszuwerden. Hätten sie es doch nie angenommen! Es würde ihre ganze Existenz zerstören! An einer Stelle mit viel dürrem Unterholz legten sie das Kind ab und rannten mehr, als dass sie gingen, von diesem schaurigen Opferplatz davon.
Erst weit nach Mitternacht erreichten sie das Dorf wieder, aber von Erleichterung keine Spur. Auch der Schlaf wollte nicht kommen. Immer wieder sahen sie den kleinen Josef vor sich, unbeholfen und mit verstörten Augen, als ihn die Frau mit einem Tuch von ihrem warmen Körper in das dürre Geäst legte. Bald begann er zu schreien, aber das hörten die beiden nicht mehr. Umso lauter klang sein Schreien jetzt in ihrer Vorstellung. Sie hatten ein Kind umgebracht, ein Kind, das gar nicht ihr Kind war. Das Kind einer Kommunistin, die es ihnen anvertraut hatte. Plötzlich wurde dem Mann bewusst, was das bedeutete. Wenn die Mutter in den nächsten Tagen zurückkäme, um ihr Kind wieder zu sich zu nehmen, was sollte sie ihr dann sagen? Die Kommunisten waren ja verhältnismäßig human zur

armen Dorfbevölkerung, aber wenn man ihre Kinder umbrachte? Nicht auszudenken, was dann mit ihnen geschehen würde! Einfach sagen, dass das Kind an einer Krankheit gestorben sei, wäre nicht überzeugend. Sie würden das Grab sehen wollen. Er sprang von seinem Lager auf und brüllte in panischer Angst. „Los, komm, wir müssen den Bastard zurückholen, er kann uns ins tiefste Elend stürzen. Er darf nicht sterben!"
Er griff nach zwei Fackeln und hastete mit seiner Frau zurück in den Wald. Im Fackelschein sah der Wald so anders aus als gestern im letzten Licht des Tages, doch die Frau hatte einen erstaunlichen Orientierungssinn und strebte den Hang hinauf. Manchmal hielten sie an, lauschten in die Stille, aber ihre Herzen pochten so sehr und ihr Atem war so laut, dass sie nur sich selbst hörten. Dann kamen sie an die Stelle mit dem Unterholz. Hier musste es gewesen sein. War das Kind noch am Leben? Sie suchten kreuz und quer, doch es war nichts zu sehen.
Als sie wieder einmal still hielten, um eventuell doch noch etwas zu hören, knackte nicht weit von ihnen auffällig laut das trockene Unterholz. Im Schein der Fackeln entdeckten sie einen dunklen Schatten, der sich nach rechts bewegte. „Das muss ein Bär sein", flüsterte der Mann. „Uns wird er nichts tun, da er Angst vor dem Feuer hat. Aber hat er den Jungen schon getötet?" In gebührendem Abstand folgten sie dem Bären und der führte sie tatsächlich zielsicher zu dem ausgesetzten Kind. Jetzt konnten sie das Kind auch leise und kraftlos wimmern hören – aber es schien unverletzt. Waren sie noch rechtzeitig gekommen? Doch der Bär bahnte sich den Weg zum Kind. Das wäre sein Ende! „Müssen wir jetzt auch noch ansehen, wie er das Kind zerreißt?", jammerte die Frau leise. „Wir müssten einen

Köder aus Fleisch haben, um ihn davon abzulenken. Wir können ihn nur mit dem Feuer in Schach halten." Mit lautem Rufen und Schwenken der Fackeln wollten sie ihn zurücktreiben, aber er wollte sein Opfer nicht so leicht aufgeben. Anscheinend war er sehr hungrig. Er fing an, sich mit Brüllen gegen die Menschen zu wehren, aber die Angst vor dem Feuer war zu groß. Dem Ehepaar war klar, dass sie den Bären von dem Jungen wegtreiben mussten, um ihn an sich nehmen zu können. So entzündete der Mann von dem herumliegenden trockenen Holz Stöcke und Zweige und warf sie in Richtung des Bären – immer selbst auf der Hut, nicht in seine Nähe zu kommen. Schließlich gelang es ihnen, den Jungen zu packen und mit ihm den Rückzug anzutreten. Doch der Bär wollte sein Opfer nicht so leicht aufgeben und folgte ihnen. Immer wieder flogen brennende Stöcke gegen den Verfolger und hielten ihn so auf Abstand. Schließlich gab er Bär auf, aber sie entdeckten die nächste Katastrophe. Hinter ihnen begann der Wald zu brennen. Die Wurfgeschosse hatten im trockenen Holz ein Feuer entfacht, was sich erst langsam, dann zunehmend schneller ausbreitete. Schließlich sah es aus, als brenne der ganze Hang.

Im Dorf schlafen die Leute noch, aber die alte Shing, die immer alles weiß, ist bereits auf den Beinen und wundert sich über die zeitigen Waldbesucher. Keine Stunde später schreit sie durchs Dorf, dass der Wald brenne und die Eltern mit dem glotzäugigen Kind im Wald das Feuer gelegt hätten. Vor der Hütte des Ehepaars versammeln sich die Menschen und drohen mit den wildesten Flüchen. Wenn nicht der Feng-Shui-Meister gekommen wäre und eine ordentliche Dorfversammlung eingefordert hätte, wäre ihre Hütte in

Flammen aufgegangen. Am Nachmittag, wenn das Vieh versorgt ist, soll es eine Versammlung und einen Urteilsspruch geben.

Doch dazu kommt es nicht. Die Guomindang hat im Jiangxi-Lager der Kommunisten keine lebenden Kämpfer mehr angetroffen, nur Leichen, überall Leichen. Jetzt kommen sie ins Dorf und suchen versteckte Kommunisten. Es gibt zwar Sympathisanten, die mit den Kommunisten auch Handel getrieben haben, aber die beteuern alle ihre Unschuld. Schließlich kommt einer auf die Idee, das Ehepaar mit dem Kommunistenkind zu verraten. Sie werden abgeführt und einem hohen Offizier übergeben. Josef bleibt in der Hütte liegen, zum Glück hat die Frau das hungrige Kind vorher ausgiebig gefüttert.

Im Großzelt des Offiziers wird das Ehepaar erst einmal verprügelt. Vier Soldaten schlagen mit Knüppeln auf sie ein, einer hat eine Kette, die er mehrmals über dem Kopf kreisen lässt, bis er sie gezielt auf die Opfer niedersausen lässt. Der Mann versucht, sich schützend über seine Frau zu beugen, wenn das äußerst schmerzhafte Foltergerät sie treffen will. Der Offizier schaut gelangweilt zu, bis er ein Zeichen gibt, eine Pause einzulegen. Diese Tortur ist üblich, um schneller zu einem Geständnis zu kommen. Beide liegen am Boden und stöhnen vor Schmerzen. „Also, was habt ihr von den Kommunistenschweinen gehört? Wohin sind sie geflohen? Was ist ihr Ziel? Redet endlich!" Wieder saust die Kette auf die Frau nieder und der Mann versucht, die Schläge abzuhalten. „Ach, das gefällt dir wohl? Kannst du reichlich bekommen", schreit hasserfüllt der kettenschwingende Soldat. Dann schlägt er mit solcher Wucht immer wieder auf den Mann ein, bis der sich nicht mehr bewegt. Er liegt auf dem Rücken und die Kette schlägt unbarmherzig auf Gesicht, Hals

und Brust. Wie besessen schlägt der Soldat zu, bis ihm ein anderer Peiniger mit seinem Knüppel einen Hieb auf den Hinterkopf versetzt: „Du hast doch keinen tollwütigen Hund vor dir. Lass ihn endlich." Doch der Weckruf kommt zu spät. Der Offizier bewegt sich endlich: „Bist du wahnsinnig? Wir wollen von ihm Informationen. So nützt der uns nichts mehr." Er beugt sich über den Mann und merkt, dass er tot ist. „Blöder Affenschwanz", brüllt er den Folterknecht an. „Du gehst erst mal für ein paar Wochen in den Steinbruch, deine Kräfte sinnvoller einzusetzen." Und zu der Frau, die vor Entsetzen starr neben ihrem toten Mann liegt: „Mach dich davon und wenn dir etwas einfällt, dann kommst du wieder und bekommst dafür die Leiche deines Mannes, um ihn zu begraben. Aber lass dir nicht zu viel Zeit, wenn er anfängt zu stinken, werfen wir ihn in die Jauchengrube."
Die ersten Meter kriecht die Frau auf allen vieren aus dem Zelt. Dann kann sie sich an einem Baum mühsam aufrichten. Ihre Haut ist überall aufgerissen und blutet, aber Arme und Beine sind nicht gebrochen. Im Körper hat sie fürchterliche Schmerzen, doch sie lebt und will so schnell wie möglich diesen schrecklichen Ort verlassen. Vor ihrem Dorf nimmt sie ihre letzte Kraft zusammen und versucht, ohne zu hinken ihre Hütte zu erreichen. Josef liegt in seiner Hängematte und schläft. Einen Moment lang denkt sie: Der hat uns das alles eingebrockt. Aber dann nimmt sie das Kind aus der Matte und drückt es an sich. Der warme Körper des Kindes tut so gut und, als Josef die Augen öffnet, ist ihr klar, dass sie ihn nicht verfluchen kann und will. Er ist jetzt ihr einziger Trost. Sie hält ihn in den geschundenen Armen und dann weint sie ihren unendlichen Schmerz heraus. Endlich kann sie weinen und es tut so

gut, dass Josef sie anschaut, als würde er sie verstehen. Dann macht sie ihm einen Reisbrei und während sie ihn füttert, blickt er sie mit großen Augen an, als wolle er fragen: Und was jetzt? Noch hat sie darauf keine Antwort. Sie blickt immer wieder zur Tür und ihr ist, als würde im nächsten Moment ihr Mann hereinkommen und alles wäre wieder gut. Aber er kommt nicht.
Als sie mit Josef im Arm auf einem Stuhl eingeschlafen ist, kommt doch jemand in ihre Hütte. Es ist die Nachbarin, die Einzige, die in die Verdächtigungen und den Hass der Dorfbewohner nicht eingestimmt hat.
„Yung, du musst verschwinden. Die Leute im Dorf wollen dich und deinen Mann töten, weil sie meinen, ihr habt bei den Soldaten unser Dorf verraten."
„Meinen Mann brauchen sie nicht töten, das haben die Soldaten schon getan. Ich habe kein Wort gesagt, sieh dir meine Arme und mein Gesicht an."
„Trotzdem, du musst gehen. Du weißt doch, wie böse die Menschen sein können."
„Meine Verwandten wohnen im Nachbardorf, dort werden sie mich schnell finden. Einen anderen Ort kenne ich nicht, wo ich in Sicherheit wäre. Ach, sollen sie mich doch auch totschlagen!"
„Ich weiß aber, was du machen könntest. Es gibt viele Tagereisen aufwärts am großen Fluss ein Dorf, da wohnen ganz merkwürdige Menschen. Sie kommen aus dem Ausland und sehen mit ihren komischen Kleidern aus wie Vögel. Es heißt, sie helfen gern Menschen, die in Schwierigkeiten sind. Manche sagen zwar, sie würden Kinder schlachten und ihr Blut trinken, aber das kann nicht stimmen, denn sie tun sehr viel Gutes, gerade für Kinder." Yung blickt in das Gesicht von Josef, der bei dem Gespräch wieder wach geworden ist. Seine Augen blicken von Yung zur Besucherin und

wieder zurück. Yung glaubt zu entdecken, dass Josef, wenn er sie anblickt, einen ruhigen und zufriedenen Gesichtsausdruck hat. Soll er auch totgeschlagen werden? Er kann doch für alles das nichts, er ist unschuldig und will leben. Später wird er mit anderen Kindern spielen, Lieder singen, auf Bäume klettern, Schriftzeichen malen und lesen können. Er wird sicher eine wunderbare Schwiegertochter nach Hause bringen, selbst Kinder haben und sie zur glücklichen Großmutter machen. Vielleicht wird er mal ein kräftiger Bauer oder er wird vielleicht Dorfältester und kann viel Gutes tun und Böse bestrafen. Und wenn ihn seine richtige Mutter findet, wird sie ihn mit Freude hergeben, auch wenn ihr das Herz dabei schmerzen wird. Wenn er jetzt stirbt, wird das alles nicht geschehen. Nein, er muss leben!

Die ganze Nacht packt sie Sachen für sich und Josef zusammen, die sie auf der weiten Reise brauchen wird. Als sie das Bündel zur Probe auf den Rücken nehmen will, drückt sie ein stechender Schmerz in die Hocke und sie muss sich am Tisch festhalten. Also viel zu schwer für ihre inneren Verletzungen. So packt sie neu und nimmt nur die nötigsten Dinge mit. Im Morgengrauen geht sie, vorsichtig um sich blickend, zur Nachbarin und sagt: „Unsere Hütte und alles, was darin ist, das gehört dir. Hole dir diese Dinge, ehe die Plünderer kommen, und gib mir etwas Geld dafür, damit ich unterwegs überleben kann."

Noch ehe die Sonne über die Hügel kommt, ist sie mit Josef auf den Weg nach Norden. Sie hat keine Vorstellung von der Reise oder gar von ihrem Ziel. Sie weiß nur: So schnell als möglich weg hier und irgendwann würde sie zu einem großen Fluss kommen. Wenn sie unterwegs fragt, wie weit es noch bis zum großen Fluss ist, können ihr die meisten Menschen nicht antworten und blicken sie verständnislos an. „Hier gibt es keinen großen Fluss! Teiche und kleine Flüsse haben wir hier, aber was hinter den Bergen ist, kennen wir nicht." Doch das ist ja schon einmal eine Antwort: hinter den Bergen. Sie schläft mit Josef im Arm unter freiem Himmel, duckt sich bei Regen unter große Bäume und manchmal findet sie eine Hütte am Rand der Teiche. Nicht oft traut sie sich, bei Bauern oder Fischern um ein Nachtlager zu bitten. Am Anfang kann sie noch dafür bezahlen, aber das Wegegeld der Nachbarin ist bald aufgebraucht. Nun muss sie sich auch ihren Reis verdienen. Sie wäscht die Wäsche der Bauern, schwere Arbeit ist mit den Schmerzen im Körper nicht möglich. Sie versucht es immer wieder, aber bald sind die Schmerzen so heftig, dass es sie krumm zieht und sie nicht einmal Josef auf den Arm nehmen kann.

Die äußeren Wunden heilen langsam ab und auch das Gesicht ist wieder in Ordnung – nur die Schmerzen im Körper werden nicht weniger. Sie müsste einen Arzt besuchen, aber sie hat dafür weder das Geld noch weiß sie, wo in den verstreuten Dörfern einer zu finden ist. Im Gebirge wird sie auch keinen finden, aber wenn der große Fluss hinter den Bergen liegt, dann muss sie jetzt darüber. Hier oben weht ein kräftiger Wind und besonders nachts ist es bitterkalt. Es gibt keinen Unterschlupf und in einer Nacht wird sie von Wölfen verfolgt. In ihrer panischen Angst erinnert sie sich daran, dass ihr Mann damals den Bären mit einem brennenden Stock auf Abstand gehalten hat. Mit zitternden Händen wühlt sie aus ihren Habseligkeiten die Schachtel mit den Streichhölzern hervor. Beim Packen ihres Reisebündels hatte sie lange überlegt, ob sie die mitnehmen solle. Sie haben ihr schon so oft geholfen und jetzt könnten sie ihre Rettung sein. Dürres Gras und trockene Äste kann sie in der Dunkelheit greifen. Als das Streichholz aufflammt, knackt es im Unterholz ganz nahe. Sie wird nicht mit brennenden Holzscheiten um sich werfen wie damals am Hügel beim Dorf. Noch einen Waldbrand will sie nicht auslösen. Sie bleibt beim Feuer, das sie immer wieder mit kleinem Nachschub von Ästen versorgt. Einmal kann sie hinter dem Feuer vier grüne Wolfsaugen sehen, aber das Feuer verfehlt seine Wirkung nicht. Die Wölfe bleiben auf Abstand und ziehen sich irgendwann zurück.

Josef wimmert vor Hunger und auch sie braucht dringend etwas zu essen, um bei Kräften zu bleiben. Das Feuer hält sie am Morgen am Brennen und sucht in der Nähe nach Wasser. Das ist schnell gefunden und bald kocht sie in dem kleinen Wok Reis für ein bescheidenes Frühstück.

Später kommt sie auf ihrer Wanderung nach Norden an einen Bach, doch der fließt nach Süden, also zurück ins Tal. Sie muss noch höher hinauf und erst wenn die Wasser nach Norden fließen, wird sie die Berge hinter sich haben.

Nach Tagen kommt sie an einen Bach, der vor ihr ins Tal fließt. Mühsam folgt sie dem Bach, langsam wird er breiter und mündet schließlich in einen großen See. Noch kein großer Fluss und auch keine Menschen. Das Wetter zeigt sich von seiner besten Seite und so legt sie Josef in die Sonne und badet ihn, denn die Hygiene ist auf der strapaziösen Wanderung sehr kurz gekommen. Auch sie wäscht sich gründlich, danach ihre Kleidung und das, was sie Josef als Windeln umlegt und bisher nur ausgeschüttelt, ausgespült und an der Luft getrocknet hat. Sie findet sogar einen flachen Felsen, auf dem sie die Wäsche aufschlagen kann.

Eine weite Ebene mit vielen Reisfeldern und auffällig freundlichen Bewohnern durchquert sie in der nächsten Woche und hier erfährt sie auch, dass der große Fluss „Jangtsekiang" genannt wird. Doch bis zu ihm muss sie noch ein Gebirge überqueren. Dies besteht aus einem riesigen Gebiet von Felsformationen. Der Weg da hindurch ist nicht leicht zu finden. Für jeden Trampelpfad ist sie dankbar, aber manchmal muss sie auch zurück, weil der Pfad an einem schroffen Abhang endet, den sie mit Josef nicht überwinden kann.
Als sie endlich den Jangtse erreicht, ist sie enttäuscht, denn sie versteht die Menschen hier nicht. Sie sprechen einen anderen Dialekt. Oft ist es mühsam, jemanden zu finden, der dolmetschen kann oder der sich die Zeit nimmt, ihre Sprache zu verstehen. Sie fragt nach dem Dorf mit den „Vogelmenschen", also den Ausländern, die wie Vögel aussehen. Sie hat selbst keine Vorstellung davon, wie die aussehen könnten, aber die Nachbarin hat sie ja so beschrieben. Erst nach viel Gelächter löst sich das Rätsel auf, dass sie die Nonnen in ihrer dunklen Kleidung und den weißen Flügelhauben meint.
„Ja, die kennen wir, die waren auch schon bei uns, aber sie sind weiter nach oben gezogen und wir haben sie lange nicht gesehen." Yung ist froh, endlich auf der richtigen Spur zu sein. „Wie weit ist es noch bis zu den Vogelmenschen?" Bei diesen Worten muss sie so sehr lachen, dass sie die Dorfbewohner damit ansteckt. Doch bald werden die wieder ernst und sagen, dass es unmöglich sei, den Weg am Fluss aufwärtszugehen. Felsen, Moore, Schlammlöcher, Steilwände und umgestürzte Bäume machen es unmöglich, dem Fluss zu folgen. Außerdem fließen von beiden Seiten immer wieder kleinere und größere Flüsse zum Jangtse, die man nicht zu Fuß überwinden kann. Freilich von Dorf

zu Dorf gibt es Pfade, aber dazwischen so unpassierbare Stellen, dass man dort nur mit einem Boot vorwärtskommt.

„Und wie komme ich zu so einem Boot?" – „Ein Dampfschiff kommt einmal im Monat das fährt den Jangtse hinauf." – „Was ist denn ein Dampfschiff?" Diesmal lachen die Bauern und ihre Frauen nicht, denn sie spüren, dass diese Frau von weither gekommen sein muss und von der modernen Welt noch nicht viel erlebt hat. Das Schiff ist schnell erklärt, aber dass man dafür bezahlen muss, lässt Yung förmlich in sich zusammenfallen. Nichts hat sie mehr vom Verkauf ihres Hausrats in den Händen. Sie bricht in Tränen aus und die ganze Last der Flucht, der Schmerzen, der Verlust ihres Mannes und die mühsame Wanderung überwältigen sie. Den Dorfleuten muss jetzt nichts mehr übersetzt werden, sie sehen die bodenlose Verzweiflung einer Frau mit einem Kind, das nicht einmal ein richtiger Chinese ist. Die Nonnen waren ihre letzte Hoffnung, so scheint es, und sie bleiben unerreichbar.

Eine Familie nimmt Yung und Josef mit zu sich in die Hütte. Am nächsten Tag beraten die Dorfbewohner, dass sie Yung Arbeit geben, damit sie sich die Schifffahrt verdienen kann. Eine Woche später kommt ein Rauch ausspuckendes Schiff den Jangtse herauf und Yung kann sich nicht vorstellen, auf diesem Ungeheuer an Bord zu gehen.

Als vier Wochen später das Schiff wieder anlegt, kann Yung die Passage bezahlen und verabschiedet sich herzlich und mit Tränen in den Augen von dem freundlichen Dorf. Der Kapitän blickt die neue Passagierin eine Weile an und weiß dann, wohin sie mit ihrem Kind will. „Bis nach Hwangshihkang sind es ungefähr sieben Tage. Das macht noch einmal 40 Käsch Verpflegung."

Als Yung ihm sagt, dass sie ihm alles Geld gegeben hat, winkt er nur ab, lädt sie aber am Abend ein, als zum Essen geläutet wird. Er weiß, dass ihm die Franziskanerinnen die Bordverpflegung bezahlen werden. Es ist ja nicht das erste Mal, dass er verzweifelte Menschen zu den frommen Frauen bringt.

In der Gelbsteinlagune wird Yung wie selbstverständlich willkommen geheißen. Als Erstes wird Josef untersucht und Schwester Montancia ist sehr zufrieden. Bei Yung werden zwei gebrochene Rippen festgestellt. „Wie hast du die lange Reise nur mit solchen Schmerzen durchgehalten? Gott muss dir besonders viel Kraft gegeben haben." – „Welcher Gott? Shiwa oder Mahakala, der beschützende Buddha?" – „Nein, wir sprechen hier von dem Gott, der über alle Götter ist, der Schöpfer, der Allmächtige, der Liebende. Den kennst du sicher noch nicht, aber du wirst ihn hier bei uns erleben." – „Erleben? Sind die Götter nicht weit weg und wir sind auf ihre Gnade angewiesen? Wo habt ihr hier euern Tempel, damit ich dem Gott der Liebe ein Räucherstäbchen anzünden kann?" Montancia blickt Yung lange an und sagt dann: „Du musst gar nichts machen. Wir werden dir den lebendigen Gott zeigen und dann wirst du vielleicht merken, dass dieser Gott auch dich liebt." – „Ich will aber keinen Mann mehr lieben. Mein Mann hat sich für mich geopfert, als sie uns gefoltert haben und so eine Liebe werde ich nie wieder finden."

Als Lui Nan Josef sieht, ist sie irritiert. Das ist kein chinesisches Kind, da sind andere, westliche Züge in dem Gesicht. Sie muss den Kleinen immer wieder anschauen. Irgendetwas macht sie stutzig – dann weiß sie, was es ist: Der Mund, besonders wenn Josef lächelt, erinnert sie an das Gesicht ihrer ersten Tochter Lui Shen. Ja, genau so hat sie früher gelächelt. Was wird wohl aus ihr geworden sein? Immer wieder, wenn sie Josef sieht, erinnert sie sich an Lui Shen – aber sie vermutet keine Zusammenhänge. Bei den Millionen von Kindern in China wird es ja wohl welche geben, die genauso lächeln wie ihre verschollene Tochter. Yung erzählt nicht viel von ihrem Leben im Dorf in Jiangxi. Sie hat zu viel Angst, dass ihre Vergangenheit sie einholen könnte und eines Tages auch hier Soldaten auftauchen. Aber als Lui Nan immer wieder nachfragt, wer dieses Kind Josef ist – und warum er einen so unchinesischen Namen hat – erzählt Yung von diesem Versprechen, dass sie einer chinesischen Soldatin gegeben habe. Da steht es für Lui Nan fest, dass dies nichts mit ihrer Tochter zu tun haben kann.

Yung besucht regelmäßig auch die Gottesdienste und Andachten in der Mission. An der Kommunion nimmt sie natürlich nicht teil, aber es interessiert sie, was die Schwestern und Orlando so reden und wie sie leben. Vieles ist ihr völlig fremd und sie möchte eigentlich nach jeder Predigt fragen, wie das zu verstehen sei. Wenn Orlando oder die Schwestern beten, dann klingt das nicht nach Bettelei bei den Göttern, sondern das klingt eher wie Gespräche in der Familie. Am Anfang hat sie manchmal erstaunt aufgeblickt, ob da jemand im Raum sei, den sie ansprechen. Und die Mutter Maria muss eine ganz besondere Bodhisattva sein, so voller Güte und Liebe. Eine Frau, welche die Menschen unglaublich liebt, ohne große Forderungen zu stellen.

Und deshalb schüttet Yung auch nach einer Gebetsstunde, die Schwester Clementina gehalten hat, der Nonne ihr Herz aus: „Ich kann nie so mit Maria reden, weil ich meinen Mann nicht begraben habe. Ich bin

eine ganz schlechte Ehefrau, er wird mich nie wieder annehmen und ich werde bei den Ahnen nicht aufgenommen, weil ich ihm das Begräbnis verweigert habe."
„Erzähle mir mehr davon, wie ist denn das gekommen? Hattest du keine Zeit für ein Begräbnis?"
„Er ist in die Jauchegrube geworfen worden, weil ich nicht wieder zu diesem Verhör wollte, wo sie uns geschlagen und meinen Mann sogar totgeschlagen haben. Ihr redet in der Kirche so viel von Vergebung, mir kann niemand vergeben. Ich bin nicht würdig für das Totenreich, ich komme in die Hölle und mein lieber Mann ist vielleicht auch schon dort, weil ich ihn nicht ordentlich beerdigt habe", sagt Yung unter Tränen.
Für Clementina wird das Gespräch zu schwierig, ihr fehlen theologische Antworten. „Können wir zu Pater Orlando gehen? Der versteht sich auf solche schwierigen Fragen, aber vielleicht ist die Antwort auch ganz einfach."
„Lieber nicht. Wenn er erfährt, was ich für eine schlechte Ehefrau bin, wird er mich vielleicht von hier vertreiben." – „Eins weiß ich genau", entgegnet Clementina, „er wird niemanden aus Hwangshihkang wegschicken. Wir sind ja hierhergekommen, um nicht nur Menschen in Not und Krankheit zu helfen, sondern damit sie sich auf Gott und die Ewigkeit freuen können."
Orlando hört sich die ganze Geschichte von Yung noch einmal an. Sie hat sie zwar in kleinen Abschnitten schon erzählt, als sie hier angekommen ist, aber er ahnt, dass da noch etwas in Yung steckt, was sie belastet und traurig macht. Er hört aufmerksam zu, stellt kurze Fragen und hält auch längere Pausen aus, wenn Yung weint oder aus Scham nicht weitererzählen kann. Schließlich sagt er: „Schwester Yung, ich möchte dir zwei Dinge sagen: Erstens war es genau richtig, dass

du nicht wieder zum Guomindang-Offizier gegangen bist. Du wärst vielleicht auch nicht lebend wieder herausgekommen. Deinen Mann hättest du nicht wieder lebendig machen können. So hast du aber das Leben von Josef gerettet. Und zweitens: Wenn wir gestorben sind oder totgeschlagen werden, dann ist das nur unser Körper, der da liegt und in die Erde gelegt oder in die Grube geworfen wird. Die Seele aber lässt sich nicht töten. Der allmächtige Gott hat uns Körper und Seele gegeben. Der Körper ist nicht ewig, aber die Seele. Auch die Seele deines Mannes wird vor Gott erscheinen und er wird ihn gnädig ansehen. Er hat – das nehme ich an – noch nichts vom lebendigen Gott gehört, aber wenn er rechtschaffen und gut gelebt hat, dann wird seine Seele vor Gott bestehen. Ich glaube, weil ihr den kleinen Josef damals angenommen habt, das war eine gute Tat, die Gott gefällt, und warum sollte dein Mann dann von Gott bestraft werden? Jesus hat einmal eine Geschichte erzählt: Wer einem anderen Menschen in Not beigestanden hat, der hat im Grunde Gott selbst ein gutes Werk getan. Also, wer ein heimatloses Kind aufnimmt, der nimmt im Grunde Gott auf und hat ihn an seiner Seite. Auch wenn der Mensch Gott noch gar nicht kannte und von Jesus keine Ahnung hatte, er wird sich wundern, dass Gott ihn kennt und Jesus seine Freude an diesem Menschen hat."
Yung denkt eine Weile darüber nach und fragt dann weiter: „Aber wer nicht ordentlich beerdigt wird, der wird auch nicht ins Ahnenreich kommen. Wir hatten einen Onkel, den sie als Strafe geköpft haben. Dem haben wir sogar den Kopf wieder angenäht, damit er nicht ohne Kopf im Ahnenreich ankommen muss. Und wer nach Jauche riecht, der wird wohl auch nicht eingelassen werden." Orlando muss innerlich lächeln und

fragt zurück: „Und was ist mit denen, die verbrannt sind oder von Geschossen in Stücke gerissen wurden, die in der Wüste verdurstet oder im Meer ertrunken sind? Ich habe dir etwas von Körper und Seele gesagt. Deshalb sind wir ja zu euch nach China gekommen, um euch zu sagen, dass Gott euern Körper liebt. Wir pflegen die Kranken, geben den Kindern Bildung und lehren euch eine gute Landwirtschaft, weil euer Körper leben und gut leben soll. Aber wir bringen euch auch die Botschaft, dass Gott eure Seelen liebt und ihr nicht auf ewig in einem Totenreich landet, sondern in seinen Himmel aufgenommen werdet. Gott will das so, deshalb hat er Jesus zu uns geschickt. Er hat mit seinen Reden und mit seinem Leben gezeigt, wie das mit dem Himmel so geht. Er ist sogar nach seinem Tod aus dem Himmel zurückgekommen und hat uns Mut gemacht, dass es sich lohnt, auf diesen Himmel zu hoffen."

Immer wieder pirscht sich Yung mit einer Frage an Orlando heran. Er ist sehr müde und ihn strengen solche tiefen Gespräche über die Maßen an, aber solchen Wissensdurst nach den geistlichen Dingen hat er seit Jahren nicht bei den Dorfbewohnern erlebt, zu denen sie sich ja gerufen fühlen.

Schließlich gibt es am Ostersonntag im Jahr 1936 ein fröhliches Tauffest. Yung lässt sich aus einem ganz ehrlichen und suchenden Herzen heraus taufen. Auch Josef, der inzwischen zwei Jahre alt und ein ganz munteres Kind ist, wird mitgetauft. Für Orlando eine späte Ernte auf steinigem Boden. Es sind seine elfte und zwölfte Taufe nach 31 Jahren in China.

Angst und Schrecken

1937

Die Japaner überfallen China erneut, nun nicht nur im Gebiet der Mandschurei, sondern sie ziehen mit brutaler Gewalt gegen Beijing, Tianjin und dann per Eisenbahn nach Shanghai und die großen Städte im Süden. Ihr Ziel ist es, das gesamte China unter ihre Kontrolle zu bringen. Auf Druck der USA und Russlands schließen sich Guomindang und Kommunisten zusammen, um die Japaner zu vertreiben. Aus Feinden werden Partner, um einen noch größeren Feind zu besiegen. Gegen die modern bewaffneten Japaner kann China nur eine riesige Zahl an schlecht bewaffneten Soldaten aufbieten. Oft ist es aber nicht möglich, mit zehnfacher Übermacht an Kämpfern gegen die gut ausgebildeten und ausgerüsteten Japaner zu siegen. Chiang Kai-shek, der Führer der Guomindang, bietet gemeinsam mit den Kommunisten 1,7 Millionen Soldaten auf – das größte Heer aller Zeiten –, verliert aber gegen die technisch überlegenen Japaner Schlacht um Schlacht. Allein beim Kampf um Shanghai verliert er zwei Drittel seiner Kämpfer. Als Shanghai gefallen ist, zieht sich die Guomindang nach Nanjing zurück, das inzwischen zur chinesischen Hauptstadt geworden ist. Die Japaner folgen ihnen, obwohl die Eisenbahnstrecke von den chinesischen Soldaten unbrauchbar gemacht und ein Staudamm gesprengt wurde. Die riesige Überschwemmung fordert unter der Landbevölkerung viele Opfer, hält aber die Japaner nicht auf.

Es folgt in Nanjing ein beispielloses Verbrechen gegen die Menschlichkeit. Chiang Kai-shek hat sich mit einem Großteil der Truppen ins Hinterland abgesetzt und nur 10.000 Soldaten in Nanjing zur aussichtslosen Verteidigung zurückgelassen. Jeder chinesische Soldat wird exekutiert, meist bestialisch mit Bajonett und Messern zugerichtet – das spart Munition. Aber auch unter der Zivilbevölkerung richten die Japaner ein fürchterliches Blutbad an. Unvorstellbare Grausamkeiten werden an Frauen, Alten und Kindern begangen, Kranke in ihren Betten zerstückelt, Menschen in Häuser gesperrt, die man anzündet. 20.000 Frauen werden vergewaltigt und die meisten anschließend getötet. Wer Glück hat, wird in die „medizinische Abteilung" der Japaner gezwungen, um die verwundeten Japaner zu pflegen und die Wäsche der Soldaten zu waschen. Sieben Wochen lang wüten die Besatzer und bringen 300.000 Menschen um.

Wer rechtzeitig fliehen kann, macht sich auf in Richtung Westen ins Inland. Millionen Zivilisten und Hunderttausende Soldaten hetzen voller Furcht auf Wuhan zu und dann weiter bis in die Provinz Sichuan. Natürlich kommen einige auch an der Gelbsteinlagune, an Hwangshihkang, vorbei. Die Schwestern nehmen immer wieder Flüchtlinge für ein bis zwei Tage auf. Es wird schwierig, die Menschen zu versorgen, denn die Lebensmitteltransporte auf dem Jangtse bleiben aus. Das ganze Land ist in Furcht und wie gelähmt vor der Übermacht der Japaner. Immer wieder raten die Flüchtlinge der Schwesternschaft, Hwangshihkang zu verlassen, denn die Japaner kommen den Jangtse herauf. Doch Orlando und die Schwestern wollen die Kranken und die Waisenkinder nicht im Stich lassen. Es heißt, dass die Japaner Ausländer in Ruhe lassen. „Wir haben von einem Deutschen in Nanjing gehört", berichten mehrere Flüchtlinge, „der hat sein Betriebsgelände von Siemens mit einer Hakenkreuzfahne der Deutschen beflaggt und da sind die Japaner nicht hereingekommen. 250.000 Chinesen hat er so das Leben gerettet." – „Aber wir sind keine Deutschen und Deutschland führt in Europa Krieg gegen Belgien, Frankreich und Luxemburg", gibt Schwester Theodora zu bedenken. – „Wir werden fliehen, wenn Gott uns ein Zeichen gibt", meint Orlando. Auch die Dorfbevölkerung wird unruhig. Die Gräuelberichte aus Nanjing bleiben nicht ohne Folgen, viele ziehen mit den Flüchtlingen gen Westen. „Wir bleiben und werden unsere Gebete verstärken", beschließen die Schwestern. Sie beten nun nicht nur zu den Tageszeiten, sondern in einer Gebetskette rund um die Uhr. Lui Nan beteiligt sich daran, nachdem sie sich nun auch hat taufen lassen. Es ist für sie ein längst überfälliger Schritt, denn sie ist inzwischen ein unverzichtbarer Teil der Schwesternschaft geworden. Zwar keine Nonne, aber bei allen wichtigen Entscheidungen ist sie dabei und die wirtschaftliche Führung von Hwangshihkang liegt fest in ihrer Hand. Deborah ist jetzt 34 Jahre alt und hat Li Sun geheiratet, der sich in der Mission als Handwerker um alle technischen Dinge kümmert. Sie haben zwei Kinder, einen Jungen und ein Mädchen. Der kleine Tsao und seine Schwester Maria Aini sind der ganze Stolz der Großmama Lui Nan. Deborahs Mann war auch zwei Jahre bei den Soldaten der Guomindang, hat aber den Absprung geschafft und brüstet sich jetzt als der Verteidiger von Hwangshihkang, denn er hat sein Gewehr immer griffbereit. Orlando passt das nicht richtig, er will sich allein auf den Schutz Gottes verlassen, denn die Heilige Schrift sagt: „Wer das Schwert nimmt, wird durch das Schwert umkommen."

Neben den hölzernen Flüchtlingsbooten kommen jetzt auch hin und wieder eiserne Kriegsschiffe der Japaner den Fluss herauf. Da sind natürlich keine Flüchtlingsboote zu sehen, die verstecken sich im Schilf und Dickicht des Ufers, wenn so ein qualmender Kollos mit Bugwelle durch den Fluss pflügt. Eins der Kanonenboote hat auch einen Schuss gegen die Mission abgegeben, der aber nur einen Lagerschuppen getroffen und wenig Zerstörung angerichtet hat. Aber sie sind gewarnt! Ab jetzt verstecken sich alle Bewohner der Mission in den hinteren Zimmern, wenn so ein Ungetüm vorbeizieht. Deborahs Mann Li Sun hat unten am Kai alle Befestigungen abgebaut, sodass keine Schiffe anlegen können, auch wenn die großen Kriegsschiffe sowieso nicht an das seichtere Ufer kommen. Aber jetzt landen auch nicht mehr so viele Flüchtlingsboote an der Gelbsteinlagune an. Ein Berg in der Nähe der Station wird als Ausguck genutzt. Es ist die Aufgabe von Li Sun, von dort Ausschau zu halten, ob sich irgendwelche Menschentruppen oder gar Soldaten nähern. Eines Tages bringt er die beängstigende Nachricht mit, dass im Osten Rauchsäulen aufsteigen. Da scheinen ganze Dörfer zu brennen. Sind das die Japaner?
Orlando hat den Eindruck, es ist so weit und sie müssen die Menschen in Sicherheit bringen. In großer Eile werden die Fluchtvorbereitungen getroffen. Jedes Kind darf einen Beutel mit seinen Lieblingsdingen packen. Es gibt viel Tränen, weil die Schwestern Spielzeug gegen warme Wäsche, Süßigkeiten gegen Dauerbrot umtauschen. Deborahs Mann Li Sun hat drei Boote am Ufer versteckt. Die werden nun hervorgeholt und mit Proviant und Decken bestückt. In der Kapelle feiern sie eine Messe, die Orlando mit vielen Trostworten der Bibel gestaltet. Dann geht es in die anbrechende Dunkelheit

hinunter zum Fluss. Lui Nan wird wieder als erfahrene Bootsführerin gebaucht, auch Tsen, der treue Diener Orlandos, ist dabei. Das dritte Boot führt Li Sun. Seine Tochter Maria Aini und weitere 24 Kinder sind mit an Bord. Die Kinder pressen ängstlich ihre Beutel an den Körper. Sie werden von sechs Schwestern begleitet, in jedem Boot zwei. Auch zwei Kleinkinder sind dabei, die erst kürzlich von Flüchtlingen zurückgelassen wurden. Orlando hat sie am Tag zuvor noch getauft, für alle Fälle … Um diese beiden kümmern sich besonders die Schwestern Montancia und Clementina.
Auch Yung und Josef werden mitevakuiert. Yung zittert am ganzen Leib. Sie weiß, wozu Soldaten fähig sind – auch wenn es jetzt Japaner sind, vor denen sie fliehen.
Zurück in Hwangshihkang bleiben Orlando und die Schwestern Clara, Theodora und Lina. Sie werden als Europäer hoffentlich weniger Schwierigkeiten bekommen. Außerdem möchten sie die Gebäude, die Kapelle und alle Einrichtungsgegenstände der Mission nicht unbewacht den durchziehenden Soldaten überlassen. Aber auch Deborah ist geblieben, weil ihr jüngstes Kind, der kleine Tsao, erst ein halbes Jahr alt ist. Sie hat eine Schwesterntracht angezogen und ist von den anderen kaum zu unterscheiden, wenn man ihr nicht direkt ins Gesicht sieht.
An dem Abend geschieht nichts. Gut so, denkt Orlando, da kommen unsere Flüchtenden ein gutes Stück voran. Aber wie wird es weitergehen? Der Jangtse hat ziemlich viel Wasser und die Strömung ist stark. Sie müssen mit den Booten immer dicht am Ufer entlangrudern. Wenn sie in die Hauptströmung hineingeraten, haben sie mit zwei Ruderblättern keine Chance. Immer wieder ist Orlando mit seinen Gebeten bei ihnen.

Und dann kommen die Japaner – nicht vom Fluss aus, sondern zu Fuß über die Hügelketten und Felder. Der Anführer geht zielsicher auf die Missionsstation zu und stellt sich breitbeinig auf den Platz mit dem großen Kreuz. Seine lauten Worte versteht niemand, aber sie machen deutlich, dass er jemanden sprechen will, der hier das Sagen hat. Orlando hat seine Soutane angezogen und das einzige Chorhemd übergestreift, was er noch besitzt, um als würdiger Priester zu beeindrucken. Der Offizier bedeutet ihm, er soll alle Bewohner auf den Platz bringen. Alle Chinesen sind ja weg und so hat Orlando keine Sorge, dass dies ein Problem bereiten kann. Er lässt die Nonnen kommen und der Anführer prüft sie sehr genau, indem er ihnen lange ins Gesicht starrt. Bei Deborah wird er tatsächlich stutzig. Mit einem Ruck reißt er ihr die Haube vom Kopf und sieht ihr hämisch in das chinesische Gesicht und auf die tiefschwarzen Haare. Im nächsten Moment schiebt sich Schwester Clara zwischen die beiden und Deborah nutzt die Gelegenheit und rennt mit beiden Händen über dem Kopf, wie eine geschändete Nonne, zurück ins Haus. Der Japaner brüllt auf Clara ein und versucht sie zur Seite zu schieben. Doch Clara verstellt ihm immer wieder den Weg, sodass die inzwischen herangerückten japanischen Soldaten ihren Spaß dabei haben. Wieder brüllt der Anführer Clara an und droht ihr mit einem langen Dolch, den er aus seiner Gürteltasche zieht. Clara weiß, dass Deborah jetzt Zeit braucht, um sich in Sicherheit zu bringen. So stellt sie sich breitbeinig vor den Eingang des Haupthauses, beide Arme gegen die Türpfosten gestemmt. Ohne noch ein Wort zu sagen, sticht der Japaner zu, direkt ins Herz. Clara sackt zusammen und ist sofort tot. Ein kurzer Befehl an die Soldaten, der so etwas wie „Durchsuchen" bedeu-

ten muss, und die Meute stürmt in das Haus und alle Nebengebäude. Orlando denkt: Das Gewehr, hoffentlich finden sie das Gewehr nicht!
Deborah hat verstanden. Sie ist schnell ins Haus gerannt, hat ihren Jungen Tsao genommen und läuft durch den Gemüsegarten den bewaldeten Hügel hinauf. Das Nonnenkleid behindert sie sehr beim Laufen, aber sie kann es nicht ausziehen, weil sie dann in Unterwäsche weiterrennen müsste. Ins Dorf traut sie sich nicht, denn die Soldaten werden auch bald dieses Dorf plündern und niederbrennen. Außerdem ist sie durch den Habit leicht zu erkennen. So läuft sie weiter, hetzt hinunter zum Fluss. Dort gibt es unberührte Stellen, die weder vom Fluss noch vom Land einzusehen sind. Hier versteckt sie sich, weiß aber auch nicht, wie es weitergehen soll. Sie legt Tsao auf trockenes Schilf, kniet sich daneben und betet: „Heiliger Vater, danke, dass ich den Japanern entkommen bin, aber sie sind mir auf der Spur. Hier ist mein Sohn, Herr, ich opfere ihn dir, wenn wir verschont bleiben. Er soll einmal ein Priester werden, ich verspreche es dir. Rette uns, du hast Möglichkeiten, dir gehört alle Welt. Heilige Mutter Gottes, bitte für uns bei deinem Sohn, dem Barmherzigen, dass er uns aus dieser Lage befreit – und beschütze Pater Orlando und die Schwestern." Noch weiß sie nicht, dass Clara ihr Leben für sie geopfert hat. Natürlich muss sie sich leise verhalten, damit niemand ihr Versteck entdeckt. Auch ihrem Sohn gibt sie sofort zu trinken, wenn der sich meldet, damit er nicht zu schreien beginnt. Zum Glück kann sie nach einem halben Jahr immer noch stillen.
In der Gelbsteinlagune sind alle wie gelähmt. Der Anführer der japanischen Horde dreht sich zu Orlando um, der auf den Hauseingang zukommt und hält ihm

den blutigen Dolch an den Hals. Was er sagt, kann der Pater wieder nicht verstehen, aber es scheint eine Drohung zu sein, keinen Widerstand zu leisten. Womit hätte er sich auch wehren sollen? Ein japanischer Soldat – oder ein chinesischer Überläufer – tippt Orlando auf die Schulter und sagt auf Chinesisch: „Der Offizier sagt, dass ihr alles Geld, alle Wertgegenstände und alle Lebensmittel hierher auf den Platz bringen sollt. Wenn ihr etwas versteckt oder verschweigt, wird hier alles angezündet und eure Arbeit ist vorbei." Geistesgegenwärtig antwortet Orlando: „Wenn ihr Verwundete oder Kranke dabeihabt, bringt sie her, wir helfen ihnen." Als dem Anführer das übersetzt wird, steigt der über Clara, deren Körper den Eingang blockiert, hinweg ins Haus. Er hält kurz inne, bückt sich zu Clara herab und versucht, ihr den goldenen Schwesternring vom Finger zu ziehen. Weil das nicht gleich gelingt, tritt er mit dem einen Fuß auf ihren Arm und zieht dann mit aller Gewalt den Ring ab und steckt ihn ein. Danach stochert er ziellos mit dem Dolch in Regalen und Schubkästen herum.

Plötzlich ertönt vom Fluss eine dumpfe Schiffssirene – drei Mal. Draußen auf dem Jangtse zieht langsam ein amerikanisches Kanonenboot vorbei. Amerika und Japan waren noch nicht in den großen Krieg eingetreten und Amerika versuchte, mit geringer militärischer Präsenz zwischen China und Japan zu vermitteln, allerdings mit wenig Erfolg. Über große Lautsprecher wird in Japanisch herübergerufen: „Ziehen Sie ab von diesem Ort. Die Mission steht unter internationalem Schutz. Jegliches Eingreifen oder jede Zerstörung wird schwere diplomatische Konflikte nach sich ziehen. Verlassen Sie unverzüglich diesen Ort oder wir eröffnen das Feuer." Die schlanken Kanonenrohre sind bereits auf Hwangshihkang gerichtet. Orlando steht immer noch wie gelähmt auf dem Platz vor dem großen Kreuz und es erscheint ihm wie ein Traum, dass die Japaner sich versammeln und kurze Befehle gebrüllt werden. Schließlich wird die japanische Flagge an eine Stange geheftet und die Soldaten verlassen das Gelände, mit der Flagge voran, sodass dies auch vom Fluss aus zu sehen ist. Orlando sinkt auf die Knie und umfasst das Kreuz. Tränen der Verzweiflung oder des Dankes fließen ihm die welk gewordenen Wangen herunter, sein Gebet ist nur ein Stammeln.

Doch aus dem Haupthaus schlagen Flammen. Orlando erwacht aus seiner Starre und mit zwei Schwestern eilt er ins Haus. Deborahs Mann Li Sun hatte vorsorglich im oberen Stock des Hauses mehrere Bottiche mit Wasser aufgestellt, die jetzt von den dreien zum Löschen verwendet werden. Es gelingt ihnen tatsächlich, die Flammen zu löschen. Der Schaden durch Ruß und Wasser ist beträchtlich, aber das Haus ist gerettet. Sind sie jetzt auch gerettet? War das nur der erste Teil von dem Schicksal, was vielen Missionsstationen in diesen Monaten widerfährt?

Arme Clara, so war sie gewesen: gutherzig, demütig, etwas einfältig, aber im rechten Moment zur Stelle. Am Abend wird sie in der Kirche aufgebahrt und ihr wird die Totenmesse gelesen. Unendlich traurig sind die Schwestern und kaum fähig zu singen, auch Orlando muss wieder mit den Tränen kämpfen. Sie hat ihr Leben gegeben, damit Deborah fliehen kann – aber was ist mit Deborah? Wo wird sie jetzt sein? Sind die Japaner ihr auf der Spur? Lebt sie noch? So steigen auch viele Gebete zum Himmel für sie und ihr Kind, für die drei Boote mit den Waisenkindern und für das Land, das wieder so unsagbar leiden muss.

Deborah hat die Sirene des Schiffes ebenfalls gehört. Was dann per Lautsprecher gerufen wurde, verstand sie nicht mehr, aber als das Schiff dann langsam bei ihr vorbeikommt, sieht sie die amerikanische Flagge am Heck. Könnte das die Rettung sein? Mit Tsao auf dem Arm drängt sie sich durch den Schilfgürtel bis ins hüfthohe Wasser, winkt und ruft hinüber zum Schiff. Dass sie eine Nonne ist, kann man am Habit gut erkennen. Ein wachhabender Soldat entdeckt sie und der Kapitän befiehlt anzuhalten. Ein Beiboot wird zur Nonne geschickt. Deborah, die ein wenig Englisch in Shanghai gelernt hatte, versucht zu erklären, was in Hwangshihkang geschehen ist. Der Kapitän flucht über die Zustände im Land, aber der amerikanischen Schutzmacht sind die Hände gebunden. Sie können die Japaner nicht aufhalten. Sie sind beauftragt, die ausländischen Einrichtungen zu beschützen und hier und da das Schlimmste zu verhindern – aber das ist wenig. Sie sind so machtlos, obwohl sie militärisch eingreifen könnten. Deborah erzählt auch von den drei Booten mit den Waisenkindern, nach denen nun verstärkt Ausschau gehalten wird. Als Deborah, immer noch im Nonnenkleid, berichtet, dass ihr Mann und ihre Tochter Maria Aini bei den drei Booten sind, ist der Kapitän irritiert. Mit Händen und Füßen kann sie die Verkleidung erklären und schließlich holt man ihr eine abgetragene Armeehose und eine Freizeitjacke – denn Frauenkleider sind an Bord nicht vorhanden.

Sie sind die ganze Nacht durch gefahren und der Kapitän vermutet, dass man die Boote – wohl gut getarnt im Uferdickicht – dabei überholt hat. Als sie an einem nahe am Wasser gelegenen Dorf mit wenigen Hütten vorbeikommen, bittet Deborah, hier abgesetzt zu werden. Sie möchte hier auf die Boote der Missionsstation warten. Der Kapitän sieht das kritisch, willigt aber ein und ein Beiboot bringt Deborah mit ihrem Sohn und einem dicken Beutel voll amerikanischer Konserven an Land – aus dem Nonnenkleid hat sie eine Tragetasche für ihr Kind gebunden.

In der Hütte, die dem Fluss am nächsten ist, macht sie sich bemerkbar, aber es scheint niemand im Hause zu sein. So hockt sie sich vor die Hütte auf ein Brett und behält den Fluss im Auge.

„Was machst du hier?", brüllt sie ein Mann an, der sich um die Hausecke zu ihr geschlichen hat. In beiden Händen hält er eine dreieckige Feldhacke über dem Kopf, um im nächsten Moment zuzuschlagen. „Ich komme von der Mission der Gelbsteinlagune und bin auf der Suche nach unseren Kindern." Jetzt lässt er wenigstens die Hacke sinken und neben ihm erscheint seine Frau. Deborah erzählt ihre fast unglaubliche Geschichte und die beiden glauben ihr – obwohl die amerikanische Kleidung sie misstrauisch stimmt. Dennoch nehmen sie Deborah in ihr Haus auf und essen gern mit von den amerikanischen Konserven. Das meiste aber schmeckt ihnen nicht.

Eine Woche lang beobachtet Deborah nun schon den Jangtse, aber von den Booten mit ihrem Mann, Maria Aini und den anderen Kindern keine Spur. Der Mann ist Fischer und er ermutigt sie nicht gerade: „In den letzten Wochen habe ich zu viele Leichen den Jangtse hinabschwimmen sehen. Da kommen die Schiffe der Guomindang, dann die Japaner, ja und die Kommunisten kommen auch mit ihren kleinen Schiffen, meist bei Nacht, aber die fragen wenigstens, wie es uns geht. Mein zweites Boot haben sie mir ganz regulär abgekauft, wo gab es denn so etwas je in China!" Er geht ins Haus und holt einen roten Schein, auf dem steht

„Revolutionsgeld 2.000 Yuan". „Wenn die Kommunisten an die Macht kommen, werden sie mir das Geld auszahlen oder mein Boot zurückbringen. – Und jetzt kommen manchmal auch die Amerikaner und die Franzosen, aber was können die schon ausrichten? Im Grunde warten sie ja nur darauf, dass sie die Herrschaft über unser Land antreten können." Nach einer Pause seufzt er: „Was ist nur aus unserem stolzen China geworden?"

Deborah starrt von Sonnenaufgang bis -untergang auf den Fluss. Wenn der Fischer mit seinem Boot auf Fang geht und dabei den Fluss beobachtet, dann gönnt sie sich etwas Schlaf oder spielt mit Tsao. Die Hoffnung, dass die drei Boote hier vorbeikommen, schwindet von Tag zu Tag. Schließlich fragt sie das einfache Ehepaar, was sie tun soll, aber die können ihr nicht helfen.

Eines Tages kommt der Fischer vom Fluss zurück: „Ich habe da eine Idee. Weiter flussaufwärts ragt eine Halbinsel in den Fluss, die Schwaneninsel. An der vordersten Spitze stehen eine Pagode und ein kleiner taoistischer Tempel. Dort wohnt ein alter weiser Himmelsmeister, der seine Augen überall hat, und was er nicht sieht, das fühlt er. Vielleicht kann der weiterhelfen." – „Kannst du uns dahin bringen? Oder wie weit ist es zu laufen – immer am Fluss entlang?"

„Nein, gute Frau, laufen kannst du dahin nicht, das ist auch viel zu gefährlich. Ich bringe dich mit dem Boot dahin. Du musst ihm aber eine Gabe mitnehmen."

„Ein paar Konserven – kann er damit etwas anfangen?", fragt Deborah.

Die Frau lacht. „Solches neumodische Zeug kann der nicht gebrauchen. Gib ihm deinen Sohn, den verkauft er dann an kinderlose Ehepaare." Deborah erschrickt. Das kann doch nicht wahr sein. Herrschen hier solche

rauen Sitten am Jangtse? „Nein, meinen Sohn gebe ich nie und nimmer her. Was weiß ich denn, was er dann für schlechte Eltern bekommt? Mein Sohn ist wie ein Geschenk von Gott – und Geschenke gibt man nicht weiter."
Aber die Reise zum Himmelsmeister unternimmt sie trotzdem mit dem Fischer. Deborah kann die Untätigkeit nicht länger ertragen. Flussauf geht die Fahrt zwar mühsam voran, aber am Abend sind sie nahe an der Schwaneninsel, die Pagode ist in der vorgerückten Dunkelheit noch gut zu erkennen. Übernachten müssen sie im schmalen Boot. Deborah ist es unangenehm, so eng neben einem fremden Mann zu liegen, und bald beginnt er, nach ihr zu tasten. „Wie hältst du es denn mit meinem Fährgeld? Es wird dir sicher auch Spaß machen, du hast doch lange keinen Mann mehr gehabt?" Deborah ist hellwach und Angst legt sich auf ihre Seele. Hier ist niemand, der ihr helfen könnte. Selbst wenn sie jetzt laut schreit, wird sie sicher keiner hören. „Wenn der weise Mann fühlt, was du hier mit mir machst, dann wird er dich verfluchen!" – „Na, so weise wird er wohl auch nicht sein." Mit diesen Worten beginnt er, an ihrer amerikanischen Bluse herumzufingern. Deborah kämpft sich los, nimmt ihren Sohn, die beiden Beutel und springt aus dem Boot. Zum Glück ist das Wasser nicht so tief, sodass sie eilig ans Ufer waten kann. Zitternd – nicht nur wegen der nassen Kleidung – hockt sie sich unter eine ausgespülte Uferböschung. Die Angst, dass der Mann sie jetzt verfolgen könnte, lässt sie aufstehen und nach einem Pfad suchen, der vom Fluss wegführt. Aber der Fischer kommt nicht. Dennoch läuft sie den Pfad immer wieder hin und her, bis die Kleidung etwas getrocknet ist, aber ihr ist kalt. Schließlich hockt sie sich

wieder an den Fluss und dann muss sie doch eingeschlafen sein. Als der Morgen graut, ist das Boot nicht mehr da. Auch ihr Sohn hat sie schlafen lassen, doch nun fordert er sein Frühstück ein. Jetzt muss sie wieder allein zurechtkommen. Die wenigen Konserven, die sie noch bei sich hat, müssen für den Tag reichen und vielleicht auch noch als Geschenk für den weisen Himmelsmeister.

Die Pagode kann sie erkennen. Den Weg dahin hat sie bald erreicht. Er ist gut ausgebaut. Den weisen Mann findet sie im Tempel, in dem einige Räucherstäbchen vor sich hin glimmen. Er sitzt meditierend auf einem roten, runden Kissen und deutet auf ein Kissen ihm gegenüber. Deborah setzt sich hin, ihren Sohn im Arm. Der Priester sieht sie nur an und schweigt. Als Deborah beginnen will, von ihrem Anliegen zu sprechen, wehrt er ab: „Schweig, ich bin dabei zu erkennen, was du willst und was dich bedrückt." Und wieder schweigt er und sieht sie so durchdringend an, dass es ihr unheimlich wird. Deborah senkt den Kopf und betet leise: „Herr, du großer allmächtiger Gott, du kennst alle Dinge, auch wenn der Mann mich jetzt meint zu durchdringen. Ich weiß, du, Herr, bist der Größte und Allwissende. Du kannst dir auch solche Götzenanbeter zu Dienern machen. Schenk, dass er mir helfen kann, die Boote und meine Maria Aini, meinen Mann und die Kinder zu finden. Amen."

„Du suchst nach lieben Menschen?", ist die überraschende wie unheimliche Frage des Himmelsmeisters.

„Ja, heiliger Mann, ich suche nach drei Booten, die meine Lieben den Jangtse hinaufgefahren haben."

Stille.

„Drei Boote mit Kindern und wenigen Erwachsenen, einige Nonnen dabei?"

„Ja, heiliger Mann, genau. Einer ist mein Mann, die anderen sind aus der Missionsstation Hwangshihkang. Sie sind vor den Japanern geflohen."
Schweigen.
„Kannst du mir sagen, wo sie sind?"
Schweigen. Dann sagt er: „Nein, das kann ich nicht fühlen, aber sie sind vor zehn Tagen in den Nebenfluss ‚Rotes Wasser' abgebogen. Ich fühle nur, dass sie noch leben."
„Und wo ist das Rote Wasser? Wie komme ich dahin?"
Schweigen. Da beginnt der Junge nach seiner Mahlzeit zu verlangen. Erst friedlich, dann mit zornigem Schreien.
„Tue der Natur keine Gewalt an, stille deine Tochter."
Na, ganz so hellsichtig ist der Alte ja doch nicht, denkt Deborah, dreht sich um und gibt ihrem Sohn die Brust. Als sie fertig ist, ordnet sie ihre Kleidung, dreht sich wieder um und sieht den Priester fragend an. Schweigen. „Jeden Mittwoch fährt ein Schiffer die Post zu den wenigen Bewohnern des Roten Wassers. Er kann dich mitnehmen. Vielleicht weiß er auch mehr über deine drei Boote. Er kommt auch bei mir vorbei, ehe er den Fluss hochfährt. Bis Mittwoch kannst du hier im Tempel bleiben. Dort hinter der Wand mit den Tempelwächtern ist eine Bank, da kannst du dir ein Lager machen. Die Heimlichkeit ist hinter dem Tempel, eine Grube mit Deckel. Wasser – wenn du mal die Windeln deiner Tochter waschen willst – findest du nur unten am Fluss. Wenn du Hunger hast, nimm dir vom Altar, was die Gläubigen spenden. Es ist nicht mehr so viel in den schweren Zeiten – aber du bist mein Gast."
Als der Mittwoch kommt und das „Postboot" bereits zu sehen ist, fragt Deborah: „Heiliger Priester, was bin ich Ihnen schuldig für den wertvollen Rat und die Gast-

freundschaft? Ich habe hier noch zwei Konserven von den Amerikanern, darf ich Ihnen die schenken? Es ist sehr wenig gegenüber der großen Güte und Freundlichkeit, die Sie mir geboten haben." – „Lass, mein Kind, von diesem schrecklichen Futter der Langnasen habe ich reichlich hier, ich habe da so meine Quellen. Ich sage dir sogar: Nimm davon mit, was du tragen kannst, vielleicht brauchen deine Kinder irgendwo am Roten Wasser dringend Nahrung. Dieses grässliche Futter ist immer noch besser, als zu verhungern." Deborah packt ihren Beutel wieder voll, ohne unverschämt zu sein, aber die Möglichkeit, dass die Waisenkinder auf ihrer Flucht nicht genügend zu essen haben, leuchtet ihr ein. Sie verbeugt sich tief vor dem Himmelsmeister und geht hinunter zum Fluss. Der Postschiffer will sie eigentlich nicht mitnehmen, aber als sie von den drei Booten und den Kindern erzählt, lässt er sie einsteigen. Die Fahrt ist lang und nur selten hält er an einer der spärlichen Hüttensiedlungen. Schließlich kommen sie zu dem Seitenfluss. Am Ende des Roten Wassers sind nur noch eine Bucht und ein Bach zu sehen, der aus den Bergen herunterkommt. Alles ist von dichtem Wald und Gestrüpp gesäumt. Eine halb verfallene Kate steht in einem Feld mit verschiedenen Kohlsorten und Wurzelgemüse. Und da entdeckt sie auch die drei Boote, die hier an Land gezogen und mit Gras und Unkräutern getarnt sind. Der Schiffer lässt sie aussteigen, nachdem er einige Konserven mit verächtlicher Miene angenommen hat. Deborah denkt: Na, so beliebt scheint die amerikanische Blechkost hier nicht zu sein. Der Postschiffer hat ihr erklärt, dass es oben in den Bergen eine Missionsstation gegeben habe, die aber von den Kommunisten zerstört und dann unbewohnt geblieben sei. Es könnte sein, dass sich die Flüchtlinge da

hinaufbegeben haben, aber ob sie noch leben, sei völlig ungewiss. Er steigt in sein Boot und die kleinen Wellen, die es verursacht, ebben langsam ab. Schließlich liegt das Rote Wasser spiegelglatt vor ihr. Deborah empfindet eine solche Einsamkeit, dass sie vor Verzweiflung zu weinen beginnt und ihren Tsao an sich drückt. Beim Stillen kommt sie selbst zur Ruhe, aber als sie fertig ist, haben sie der Abend und die Dämmerung eingeholt. Aus dem Wald am Berg kommen seltsame Tiergeräusche. Die Hütte ist unbewohnt, aber trocken, sie kommt für die eine Nacht hier zurecht.
Am Morgen ist wieder diese bedrückende Einsamkeit da. Erst ein langes Gebet gibt ihr etwas Vertrauen. Wenn die Gruppe mit Li Sun hier angelandet ist, dann müssen sie versucht haben, die verlassene Station zu erreichen. Sie entdeckt einen Pfad, der durchs Dickicht führt. Erst verläuft er entlang des Baches und dann immer steiler in die Höhe. Der Pfad ist deutlich zu erkennen, früher muss er noch besser zu begehen gewesen sein. Jetzt muss sie stellenweise tatsächlich die Hände zu Hilfe nehmen, um nach oben zu klettern, sich an Bäumen und Ästen festhalten. Ihre zwei Beutel, der mit ihren persönlichen Dingen und den mit den Konserven, behindern sie so sehr, dass sie die Beutel in einen Baum hängt, ihren Sohn auf den Rücken bindet und so flinker die Klettertour bewältigen kann. Sie kommt mächtig ins Schwitzen, kann aber an einem querenden Bach frisches Wasser trinken. Nun kann es nicht mehr weit sein, denkt sie.
Doch da hat sie sich getäuscht. Am Nachmittag ist noch immer kein Ende abzusehen. Die Beine schmerzen, die Hände sind aufgerissen, aber sie gönnt sich eine Pause und muss ja auch wieder einmal ihren Sohn stillen. Da sieht sie neben dem Weg zwei Kreuze, die über provi-

sorischen kleinen Gräbern stehen. Fürchterliche Angst befällt sie plötzlich. Was ist hier passiert? Sind das Kinder aus der Mission? Wird sie an den Strapazen auch umkommen und keiner wird sie begraben – und würde man irgendwann ihre Leichen hier auf dem steinigen Weg finden? Sie schaut etwas genauer zu den Gräbern. Die Kinder sind nicht in der Erde begraben, sondern man hat über die Leichen einfach Steine und Grasbüschel angehäuft. Unter einem Stein ist ein Stofffetzen von einem Kleid zu erkennen und Deborah bleibt das Herz stehen. Das ist das Kleid von Maria Aini, ihrer Tochter! Sie bricht zusammen und kann sich nur mit Mühe an einen Baum lehnen, um nicht in den Abgrund zu stürzen. Maria Aini! Sie blickt wie gebannt auf das Kindergrab. Soll sie die Steine vom Gesicht nehmen, um Gewissheit zu haben? Nein, das wird sie nicht überleben, außerdem riecht sie jetzt, dass die Leichen schon verwesen. Sie drückt ihren Jungen an sich und kämpft sich weiter den Berg hinauf.
Nach etwa einer Stunde wird das Gelände langsam weniger steil. Sie kommt besser und schneller voran und steht bald vor einem Ruinenfeld. Sie hört Kinderstimmen. Tatsächlich, hier sind sie, die Flüchtlinge der Gelbsteinlagune. Tsen ist der Erste, der sie entdeckt. Er läuft ihr entgegen, kehrt aber auf halbem Weg wieder um und holt Li Sun, ihren Mann. Der kommt ihr entgegengelaufen und schließt sie in die Arme. Deborah ist unfähig, etwas zu sagen, bis sie verzweifelt stöhnt: „Maria Aini, was ist mit meiner Maria Aini?" – „Die wird sich freuen, dich wiederzusehen, aber sie spielt gerade mit den anderen Kindern. Komm mit, wir werden sie überraschen." – „Aber habt ihr sie nicht auf halbem Weg begraben? Ich habe ihr Kleid unter einem der Steinhaufen entdeckt." Jetzt begreift Li Sun: „Das

ist nur Maria Ainis Kleid. Wir hatten es der kleinen Jas angezogen, da sie ins Wasser gefallen war und so grässlich fror. Maria war durch die Kraxelei gut erhitzt und konnte das Kleid entbehren. Wir haben dann bei aller Trauer um die beiden gestorbenen Kinder vergessen, es der Jas wieder auszuziehen. – Und unser Jüngster hat die Reise hierher gut überstanden? Wie hast du es denn geschafft, uns hier ausfindig zu machen?"
Das Wiedersehen wird mit vielen Tränen der Freude und der überstandenen Ängste gefeiert. In einem Haus, das am wenigsten zerstört war, haben die Flüchtlinge einen provisorischen Unterstand aus Resten der anderen Trümmer gebaut. Auf einer Feuerstelle können sie heißes Wasser machen – Wasser und Holz sind die einzigen Dinge, die sie hier in unbegrenzten Mengen haben. Sonst herrscht großer Hunger, die Vorräte sind aufgebraucht und aus dem umliegenden Wald holen die Schwestern und die älteren Kinder Bambussprossen, Wurzeln und grüne Baumspitzen. Einen kleinen Acker haben sie angelegt, aber die Saat will nicht richtig aufgehen. Ist es zu kalt? Ist der Boden nicht gut genug? Ist es ein Zeichen des Himmels? Andere Missionare haben hier oben ja auch schon aufgegeben.
So erfährt Deborah, dass das Leben hier mit vielen Schwierigkeiten und Nöten verbunden ist. Hier oben sind zwei weitere Kinder durch Unterernährung und Kälte gestorben. Es ist kein Platz für Kinder, die Sonne, Wärme, Geborgenheit und Freude brauchen, um sich gut zu entwickeln.
Am nächsten Tag steigen Tsen und Li Sun den Pfad nach unten, um die beiden Beutel zu holen, die Deborah an einem Baum zurückgelassen hat. Es gibt ein amerikanisches Festmahl – gestreckt mit grünen Gaben des Waldes, aber es schmeckt vorzüglich. Doch die

Konserven aus der Pagode reichen nicht lange für alle und es muss eine Veränderung geschehen. Sollen sie den Weg zurück antreten? Laufen sie damit den Japanern geradezu in die Arme? Gibt es Hwangshihkang überhaupt noch oder sieht es ähnlich aus wie dieses Trümmerfeld hier? Deborah kann auch keine Auskunft geben. Als sie floh, war alles noch intakt.
Sie beschließen, Tsen und Li Sun zurückzuschicken. Sie sollen erkunden, wie die Lage ist, und vor allem Orlando von ihrem Ergehen berichten und dass auch Deborah zu ihnen gefunden hat. Der soll dann entscheiden, was zu tun ist … „Vor allem brauche ich Werkzeug, wenn wir hier neu siedeln wollen!", sagt Li Sun. Deborah und Lui Nan werden gebeten, noch einmal zum Himmelsmeister zu fahren, um Konserven zu holen, vielleicht hat er auch eine Quelle, wo man Reis und Mehl beziehen kann, etwas Geld hat Schwester Montancia vor der Flucht an sich genommen. Hier oben können sie nichts kaufen, nicht für alles Geld der Welt.
Der Himmelsmeister in der Pagode auf der Schwaneninsel öffnet tatsächlich seine Vorratskammern. Zu sehen, was die beiden Frauen alles wegschleppen können, erfüllt den Dao-Meister mit Freude. „Nehmt, was ihr brauchen könnt, es soll den Kindern guttun. Ich weiß, dass meine Tage hier gezählt sind und die wunderbare Pagode eines Tages nur noch ein schönes Ausflugsziel sein wird, wenn sie nicht vorher zertrümmert wird."

1945

Der Weltkrieg ist zu Ende. Japan hat gegenüber Amerika kapituliert und muss sich von China zurückziehen. Nun entspringt der Kampf um das Land erneut zwischen der Guomindang mit Chiang Kai-shek und den Kommunisten mit Mao Zedong an der Spitze. Brutal verfolgen sie einander. Dörfer, die durch die Kommunisten besetzt sind, werden von der Guomindang ausgelöscht und Orte, die zu den Truppen Chiangs halten, werden von Maos Befreiungsarmee von allen Nichtkommunisten radikal gesäubert. Unzählige Massaker werden verübt, wieder verlieren Millionen von Menschen in Stadt und Land ihr Leben. Landwirtschaft und Handwerk können kaum noch existieren, weil alles dem Bürgerkrieg im Lande geopfert wird, einem Bürgerkrieg, der ohne die Unterstützungen der Sowjetunion und Amerikas nicht geführt werden könnte. Beide Weltmächte wollen ein Mitbestimmungsrecht im bevölkerungsreichsten Land der Erde.
Schließlich gewinnen die Kommunisten die Überhand und Chiang Kai-schek flieht mit seinen Getreuen nach Taiwan.

Neue Hoffnung
und bittere Realität

1949

Im Zentralgebäude der kommunistischen Frauenbewegung, die im ehemaligen Grand Hotel von Shanghai ihren Sitz eingerichtet hat, herrscht übertriebene Jubelstimmung. Frauen in blauen Anzügen und auch einige Männer in gleicher Kleidung liegen sich in den Armen. Der Sekt aus den Kellern des Hotels fließt in Strömen. Sie stehen in Gruppen zusammen oder sitzen in den Plüschsesseln des großen Ballsaales und sind von der glücklichen Wende zum kommunistischen Sieg ganz benommen. „Wir haben gesiegt! Der größte Feind des Volkes ist geschlagen. Die Teufel und Schlangen der kapitalistischen Bourgeoisie sind geflohen, jetzt ist das Land frei für die Herrschaft des Volkes, der Arbeiter und Bauern. Wir werden jetzt den Himmel auf Erden schaffen, ewiger Friede und Wohlstand für alle." Auch die zu den Kommunisten übergelaufene Tochter von Lui Nan – Lui Shen – ist im Siegestaumel. Sie empfindet ein inneres Glück darüber, dass alle Entbehrungen, alles Leiden, alle Flucht und Todesangst sich gelohnt haben. Mitten in die alkoholisierte Stimmung hinein ruft sie und verschafft sich Aufmerksamkeit: „Gebt mal Ruhe! Genossinnen, hört mal her! Füllt eure Gläser noch einmal. Lasst uns bei aller Freude die nicht vergessen, die beim gerechten Kampf für unser Volk und seine Befreiung ihr Leben gelassen haben. Denkt an die große Xiaoju, die Mitbegründerin der Frauenliga, die im Kugelhagel der Nationalisten gestoben ist. Denkt an

Baoyi, die ihr Kind geopfert hat und dann doch ermordet wurde, und denkt an die vielen, die vergewaltigt, erschlagen, erstochen, ertränkt, von Granaten der Guomindang zerfetzt oder bei lebendigem Leib verbrannt wurden. Sie alle haben den Sieg mit errungen – wir erheben unser Glas auf sie, die wahren Märtyrer des neuen China. Ihr Andenken lebe ewig unter uns! Lang lebe das kommunistische China! – Gan bei!"
Nachdem sie in alle Richtungen mit ihrem Glas geprostet hat, fügt sie hinzu: „Genossinnen, nun ist Schluss mit dem Trinken. Morgen früh müssen wir zum Zug nach Beijing. Wir werden sicher mehrere Tage unterwegs sein, weil sich Millionen auf den Weg machen, um bei der Siegesfeier auf dem Platz des Himmlischen Friedens dabei zu sein. Zieht saubere Kleidung an, wir fahren zu einem großen Fest und wir werden unseren großen Führer und Liebhaber des Volkes treffen, unseren Genossen Mao." Eine der Frauen geht an den Flügel, der im Ballsaal steht, und spielt das Lied „Unser Leben für das Land, unser Herz und unsre Hand …". Alle singen mit und dann zieht man sich in die Hotelzimmer zurück, die nun seit fünf Tagen ihr Arbeits- und Lebensräume sind.
Lui Shen kann nicht schlafen. Ihre Gedanken sind bei Xiaoju. Es stimmt nicht, dass sie im Kugelhagel der Guomindang ums Leben gekommen ist. Als das Zentralkomitee noch in Yan´an war, gab es viele Rangeleien, wer nun die Leitung und wer die einzelnen Posten besetzen sollte. Mao stand unangefochten an der Spitze und wer sich ihm widersetzen wollte, war im Grunde schon tot. Mit unverhohlener Brutalität verteidigte er seinen Posten und festigte so mit Terror und Angst seine Macht. Dann kam es zu dem Zwischenfall, dass Mao einer Mutter verbot, ihr Kind mit auf das Feld zur Arbeit

zu nehmen. Es wurde aber noch gestillt, und er erlaubte ihr auch nicht, nach Hause zu gehen, wo das Kind in einen Käfig gesteckt wurde, damit es sich nicht verletzte. Für andere Frauen war es aber selbstverständlich, dass sie ihre Kinder mit zur Arbeit im Gelände nahmen, sogar mit zum Straßenbau oder auf den Betonmischplatz. Nur der Frau von der Feldbaubrigade hat es Mao verboten, keiner wusste, warum. Xiaoju aber wollte ihre Aufgabe als Frauenbeauftragte wahrnehmen und kritisierte Mao dafür. „Du wirst meine Beschlüsse und Maßnahmen nicht kritisieren. Eigentlich müsste ich dich eigenhändig umbringen, aber ich habe etwas Besseres für dich. Ich hatte dich gewarnt!"

Damit war sie entlassen und wusste nun auch nicht, was das sollte. Lui Shen sagte zu ihr, sie solle sich lieber zurückhalten, vielleicht sei es sogar besser, sie versteckte sich, sodass Mao nicht an seine Drohung erinnert wurde. Doch dann wurde sie von drei Bewaffneten abgeholt. Eine Gruppe von etwa zwanzig Soldaten entfernte sich mit ihr ins Gelände. Mao hatte zu ihnen gesagt: „Die Genossin braucht eine Erziehungsmaßnahme. Ihr habt euch für die Revolution verdient gemacht und ihr sollt eine Belobigung bekommen. Also macht mit ihr, was ihr wollt, und dann erschießt sie. Aber geht weit genug vom Lager weg. Ihr werdet sagen, dass sie von der Guomindang erschossen wurde. Bringt ihre Leiche mit, ich will sie tot sehen."

Lui Shen fühlt immer wieder Verbitterung in sich aufsteigen, wenn sie an damals denkt, aber sie hat damals geschwiegen, weil ihr klar war, dass sie das nächste Opfer dieses Ungeheuers geworden wäre. Immer wieder hoffte sie, dass ein anderer Kommunist den Mut hat, Mao zu töten, aber die Angst hat alle gelähmt. Und nun ist dieses Schwein der oberste Herrscher in diesem Land. Sie kann nicht glauben, dass das gut geht.

In Beijing ist der Jubel unaussprechlich groß. Über eine Million Menschen drängen sich auf dem Platz des Himmlischen Friedens, ihre Hochrufe und begeisternde Parolen branden über den Platz. Lui Shen sitzt als Chefin der Frauenbrigaden mit auf der Tribüne, aber sie ist weit weg von Mao, was ihr nur recht ist. Seine Worte hallen über den Platz: „Heute hat sich China erhoben. Unsere Nation wird nie wieder eine gedemütigte Nation sein. China hat sich erhoben, lang lebe das Volk." Bei diesen Worten kommen dann auch Liu die Tränen. Ja, es ist ein großer Moment. Alle Leiden, alle Entbehrungen haben nun ein Ende. Das Volk wird herrschen und nur das, was dem Volk guttut, wird geschehen. Hoffnung für ein am Boden liegendes Land.

Nach den Feierlichkeiten lädt Zhou En-lai Markus wieder zu sich, er wolle mit ihm die Zukunft der katholischen Kirche besprechen. Markus ist dies sehr unangenehm. Wer ist er denn? Ein kleiner Landpriester, der Gefangener war und dann Günstling der Kommunisten wurde. Seine Gedanken, die er mit dem zweiten Mann im neuen Staat austauscht, können doch nicht für eine ganze Kirche gelten, die im Land um die 450.000 Gläubige hat. Eigentlich müssten die Bischöfe jetzt gefragt werden, doch das will Zhou nicht.

„Alle Macht geht vom Volk aus, das gilt auch für die Kirchen. Wir sind dabei, mit der evangelischen Kirche einen Vertrag zu machen, deshalb auch mit Ihrer, der katholischen Kirche."

„Aber ich bin doch überhaupt nicht berechtigt, hier irgendetwas festzulegen oder zu bestimmen. Das ist der Heilige Vater in Rom, der über die Verträge zwischen Kurie und Regierungen entscheidet und wacht."

„Genau das ist es ja. Dieser Imperialist da in Rom, der interessiert uns nicht. Sie und Ihre Gläubigen, die einfachen Menschen, die Chinesen, die werden mit uns gemeinsam das Land aufbauen. Die Bischöfe waren immer gegen uns Kommunisten, haben gegen uns gepredigt und uns angelogen, als wir die Reichtümer der Kirchen brauchten, um die Revolution zu bezahlen. Jetzt werden wir die Kirche enteignen. Besitztümer, Ländereien, Schulen, Internate und Krankenhäuser werden wir enteignen und alle Bildungseinrichtungen übernehmen."

Markus ist von der Wucht dieser Offenbarungen schwer getroffen. Was soll er nur dazu sagen? „Aber Herr Ministerpräsident, die Krankenhäuser und fast das ganze medizinische Personal sind Christen aus China und der ganzen Welt. Sie werden nicht genügend Fachpersonal haben, dies alles zu übernehmen."

„Die Krankenhäuser sollen noch eine Weile in der Hand der christlichen Fachleute bleiben, aber wenn wir genügend revolutionäre Mediziner haben, wird auch das ein Ende haben. Alle Ausländer, die in der Mission und in der Bildung arbeiten, werden innerhalb eines Jahres unser Land verlassen. Wir sind allein stark genug und ihr in der Kirche auch."

Dieser Schlag sitzt noch mehr und Markus bleibt im wahrsten Sinn des Wortes die Sprache weg. Als er sich einigermaßen gefangen hat, antwortet er vorsichtig: „Ich verstehe, dass wir bald ein starkes und selbstständiges Land mit guter Bildung und Technik sein werden, aber als Kirche können wir ohne die Partner und die Unterstützung aus dem Ausland nicht leben. Unsere Priesterausbildung wird von den Professoren aus Übersee und geistlichen Lehrern geleistet. Unsere Schwesternschaften haben ihre Mutterhäuser alle in Europa

oder Amerika, es würde hier alles zusammenbrechen."
Lachend antwortet Zhou En-lai: „Das hätte doch auch
Vorteile! Es soll hier kein Ausländer mehr bestimmen
können, was in unserem Land passiert. Gerade deshalb braucht die Kirche solche Leute wie Sie. Sie haben gute, ja fast revolutionäre Ansichten, das haben Sie
immer wieder in den Gesprächen mit mir durchblicken
lassen. Ich setze auf Sie. Suchen Sie Verbündete, meinetwegen auch Bischöfe, die ebenso chinesisch denken
und für unser Volk das Beste wollen. Dann wird Ihre
Kirche hier arbeiten können – aber ich betone noch
einmal, ohne Einfluss vom Ausland und ohne diesen
goldbesetzten Opa in Rom." Damit war Markus entlassen, aber mit einer unheimlichen Drohung belastet.

In der Gelbsteinlagune wird die Nachricht vom Sieg
der Kommunisten mit gemischten Gefühlen aufgenommen. Sie sind hier von den Japanern vertrieben
worden, haben aber nach der Flucht ans Rote Wasser
dann doch wieder hier angefangen zu arbeiten. Oben
in den Bergen über dem Roten Wasser gab es einfach
zu wenige Menschen, die dazu noch in weit verstreuten
Dörfern lebten. Schulunterricht für die Waisenkinder
war schon möglich, aber es kamen kaum neue Kinder
dazu. Die Arbeit in der Landwirtschaft war mühsam
und als die Zeiten ruhiger wurden, die Japaner wieder
mehr gen Norden zogen, gingen sie mit allen Kindern
wieder zurück in die Gelbsteinlagune, nach Hwangshihkang. Dort kamen während des Bürgerkrieges noch
zwei Mal die kommunistischen Truppen und einmal
versprengte Soldaten von Chiang Kai-shek durch, aber
sie waren nur an Lebensmitteln interessiert und haben einige Verwundete zurückgelassen. Dummerweise
kamen sie immer dann, wenn das Schwein für einen

großen Festtag geschlachtet werden sollte. Ihre Kaninchenzucht hatten sie schon etwas in die Felder verlegt, damit sie nicht ihrer ganzen Fleischvorräte beraubt wurden. Die Missionsstation wuchs und es kamen sogar drei neue Franziskanerinnen aus Luxemburg dazu. Doch nun beschleicht sie die Sorge, was aus ihnen werden soll, wenn jetzt alles unter kommunistischer Regie läuft. Würden sie als christliches Waisen- und Krankenhaus überhaupt bestehen können? Pater Orlando tröstet die Schwestern in seiner ruhigen und besonnenen Art: „Kranke gibt es auch im Kommunismus und Kinder, die ihre Eltern verlieren, auch. Vielleicht gibt es nicht mehr so viele Findelkinder, weil ja der Himmel auf Erden anbrechen soll, aber wir werden gebraucht und Gott wird uns hier gebrauchen zum Wohl der Menschen, der kommunistischen und der anderen. Der Name des Herrn sei gelobt!" Er ist alt geworden und schon die wenigen Worte haben ihn ziemlich außer Atem gebracht. Die Schwestern raten ihm, er solle doch nach Europa zurückgehen, er habe den Ruhestand vielfach verdient. Doch Orlando weiß, dass er seine Schwestern und das ihm anvertraute Land hier nicht im Stich lassen wird – es sei denn, der Herr hat einen anderen Plan.

Von der Zentralstelle in Shanghai kommen bedrückende Nachrichten. Die neue Regierung hat befohlen, dass in den nächsten drei Monaten alle Missionare, Nonnen, ausländischen Pastoren, Lehrer, Ärzte und Schwestern das Land verlassen müssen. In der Gelbsteinlagune löst diese Nachricht lähmendes Entsetzen aus. Lui Nan, die inzwischen 64 Jahre alt ist, sagt erbost: „Wie können die nur so etwas machen? Diese roten Teufel sind doch unfähig, die medizinische Versorgung in unserem Land zu übernehmen. Mit ihren

Parolen und dämlichen Sprüchen werden die keinen Kranken heilen und kein Kind satt machen. Wenn uns die Mission verlässt, verlässt uns die Hoffnung – und vielleicht auch der Glaube."

Orlando wirkt müde, zu viel Kraft haben ihn die ständigen Rückschläge gekostet und jetzt hat sich die schlimmste Befürchtung bestätigt: Ihre Arbeit war umsonst! Noch nie war ihm so schmerzlich bewusst wie jetzt, dass sie zu wenig Zeit und Mühe in die Ausbildung der chinesischen Mitarbeiter gesteckt haben. Das erweist sich jetzt als Fehler. Kaum jemand von ihnen kann die Leitung der Krankenhäuser und karitativen Einrichtungen übernehmen. Beim Einsatz von Nonnen und Priestern haben sie zu sehr auf Europa gesetzt. Sie haben den Chinesen zu wenig zugetraut. Und jetzt würden die bald alles allein schultern müssen – und können es nicht. Lui Nan hat zwar organisatorisches Talent, aber sie wird alt und ist nicht mehr so belastbar. Deborah und ihr Mann Li Sun sind zwar engagiert, aber über das Handwerkliche hinaus geht nichts. Es wird die geistliche Leitung fehlen und an der hängt doch letztlich alles, der Glaube ist die Seele der Mission. Orlando verzeiht sich nicht, etwa weil sie so viele andere Probleme zu lösen hatten, sondern er empfindet sein Versagen als eine tiefe Schuld vor Gott und dem chinesischen Volk. Er geht in die Kapelle, die sie erst im vorigen Jahr zu einer richtigen Kirche erweitert haben, legt sich vor den Altar und beichtet seinem Herrn die Schuld und schüttet sein Herz vor ihm aus.

Er merkt nicht, dass Tsen leise die Kirche betritt. Dem ist es peinlich, den Priester in dieser Position anzusprechen, aber es muss sein. „Hochwürden, es ist unten ein Motorboot angekommen. Es sind Uniformierte. Ich vermute, es sind Regierungsleute. Sie sollten sich

bereithalten, sie zu empfangen." Pater Orlando stöhnt nur leise auf: "Herr, du Allerhöchster, halte deine Hand über uns. Gib mir Weisheit, mit ihnen freundlich zu sprechen."
Als er aus der Kirche tritt, sind sie schon auf dem Kreuzesplatz. Die Schwestern stehen hinter den Fenstern und schicken ihre Stoßgebete zum Himmel. "Sind Sie der Leiter dieses Objektes?", fragt ihn einer der Uniformierten. Pater Orlando antwortet: "Ich begrüße Sie herzlich hier auf dem Gelände Hwangshihkang und hoffe, Sie hatten eine gute Überfahrt." Dann in Richtung Küche: "Lui Nan, sei so freundlich und bereite unseren Gästen einen Tee." Plötzlich sagt eine Frau, die man unter der Uniform gar nicht als Frau wahrgenommen hat: "Sagten Sie Lui Nan? Ist das die Frau aus Han Yang?" – "O ja, da waren wir alle einmal vor vielen Jahren." – "Ich auch", antwortete die Frau. "Und Sie sind der Priester Orlando, ist es nicht so?" Der Pater kann sich keinen Reim darauf machen und fragt zurück: "Entschuldigung, darf ich erfahren, woher Sie uns kennen?" – "Sie kennen mich auch, ich bin Lui Shen, die Tochter von Lui Nan." Orlando ist sprachlos und ihm sind die Zusammenhänge völlig unklar.
"Genossin, vergiss nicht den Auftrag, den wir haben, wir sind hier nicht auf einem Familientreffen", erinnert sie der Anführer im Befehlston. Er hat inzwischen seine Mütze abgenommen und präsentiert einen ungewöhnlich runden Glatzkopf. Zwei der anderen Besucher gehen inzwischen rund um den Hof von Haus zu Haus und scheinen alles zu inspizieren. "Können wir Ihnen einen Raum anbieten? Bitte kommen Sie in unseren Versammlungsraum, dort erwartet Sie sicher auch bald der Tee", versucht Orlando die Situation zu entspannen. Und dann passiert es: Lui Nan kommt

mit der Teekanne und sechs Tassen aus der Küche und stellt das Tablett auf den Tisch. Wie es in China üblich ist, blickt sie den Besuchern nichts ins Gesicht, sondern zieht sich rückwärts mit gesenktem Kopf zurück. Da hört sie eine bekannte Stimme: „Mutter, bleib hier." Lui Shen geht zu ihr und sinkt vor ihr auf die Knie. Dann richtet sie sich auf und umarmt ihre Mutter, die sie fast 30 Jahre nicht gesehen hat. Lui Nan kann nichts sagen, weil ihr die Tränen alle Worte ersticken. „Genossin, der Klassenauftrag!", hört man wieder den Anführer rufen. Und dann wendet er sich ungerührt von der Szene ab und sagt zu Orlando: „Sie und alle ausländischen Feinde unseres Volkes werden das Land so bald als möglich verlassen. Sie werden die Anstalt hier schließen und alles dem Parteiapparat ‚Fremdes Eigentum in Volkeshand' übergeben. Bereiten Sie alles für eine Übergabe vor; alles bleibt hier. Nichts werden Sie mit sich nehmen und es unserem Volk stehlen."

Aus dem Stallgebäude hört man das ängstliche Quieken ihres Schweines. Orlando hatte inzwischen seine Fassung wiedergewonnen und fragt: „Und die Kinder, die Kranken, was wird aus ihnen?" – „Das überlassen Sie uns. Alles bleibt hier." – „Und darf ich die Frage stellen, wie viel Zeit wir haben, um eine ordentliche Übergabe zu organisieren?" – „Das werden wir sehen. Die Organisation der Übergabe wird Genossin Lui Shen übernehmen." Inzwischen hat sich unter den Schwestern herumgesprochen, dass Lui Shen auf das Gelände gekommen ist. Niemand hat erwartet, dass sie in der neuen Regierung einen Posten bekommen hat. Was sie nicht wissen können – und was Lui Shen keine Gelegenheit hat zu erzählen: Sie ist degradiert worden wegen einer negativen Bemerkung über Maos selbstherrliches Verhalten. Aus der Leitung der Frauenliga wurde sie ausgeschlossen. Das Amt bekam eine treuere Genossin und Lui wurde aufs Land in die Provinz abgeordnet. Nun kämpft sie hier für die kommunistische Idee, aber auch gegen so manche irrsinnige Verordnung, die von Beijing erlassen wird.

Der Glatzkopf mahnt zum Aufbruch. Lui Shen sagt zu ihrer Mutter und zu Orlando: „Ich komme bald wieder, da haben wir sicher etwas mehr Zeit, uns zu unterhalten. Ich bin ja so froh, dass ihr alle noch lebt." Auch Yung steht mit auf dem Hof, neben ihr Josef, der von der überraschenden Familiengeschichte fasziniert ist. Er ist jetzt immerhin schon 15 Jahre alt und nimmt vieles mit sehr wachem Geist auf. Yung ist so befangen, dass sie nicht wagt, sich als Josefs Pflegemutter zu erkennen zu geben. Wie wird Lui Shen reagieren? Nimmt sie ihr den Jungen jetzt ohne Vorbereitung ab?

„Wieso kann jemand zu den Kommunisten gehen, der den christlichen Glauben erlebt hat? Ist sie von allein gegangen oder gab es Streit?", fragt Josef.

Yung sagt leise: „Da musst du mal in einer ruhigen Minute Lui Nan fragen. Erstaunlich, dass sie über ihre Tochter Lui Shen so selten etwas erzählt hat. Oder frag Deborah, immerhin ist sie ja ihre Schwester."

Der Anführer hat seine Mütze mit dem roten Stern wieder aufgesetzt, schiebt sie aber nach hinten, um am Kreuz nach oben zu sehen. „Das wird mal ein wunderbarer Fahnenmast." Die Männer, welche alle Räume inspiziert haben, bringen das Schwein mit, welches sie lebend auf zwei Stangen gebunden haben. In einem zappelnden Sack schleppt ein anderer mehrere Kaninchen fort. Dann verschwinden sie Richtung Fluss.

Und dann ertönt von unten, von der Anlegestelle die Stimme von Lui Shen, die laut fragt: „Habt ihr mal et-

was von einem Josef gehört? Er müsste jetzt ein junger Mann sein." Aber da wird schon der Motor gestartet und das Boot entfernt sich mit einer großen Kielwelle, die sich zu beiden Ufern des Jangtse ausbreitet. Die Frage schwappt wie eine Welle hoch hinauf in die Missionsstation. „Josef" hallt es in den Ohren und Herzen von drei Betroffenen wider – Yung, Lui Nan und natürlich Josef. Yung drückt Josef an sich und sieht dem Boot mit einem bangen Gefühl nach. Was soll sie tun, wenn Lui Shen wiederkommt? Auch Lui Nan kommt ins Grübeln. Ist ihre erste Tochter am Ende etwa die Mutter von Josef? Ist Josef ihr eigenes Enkelkind? Lui Nan fasst den Jungen an den Schultern und dreht ihn ins Licht der Sonne. Kritisch und erwartungsvoll blickt sie ihm auf die Mundpartie. „Lächle mal, auch wenn dir im Moment nicht danach zumute ist." Und der leise Verdacht, den sie schon immer hat, verstärkt sich. „Ja, ich habe es doch immer geahnt, du bist mein Enkel. Josef, das war eben deine wirkliche Mutter."
Josef weiß zwar, dass Yung nur seine Pflegemutter ist, aber diese neue Wahrheit verwirrt ihn völlig. „Meine Mutter ist eine Kommunistin? Eine von denen, die jetzt die Mission auflösen, die allen barmherzigen Christen das Handwerk legen wollen und die Missionare und Schwestern aus dem Land jagen?" Er wundert sich selbst, dass er für diese Frau im Grunde nichts empfindet. Mit ihr noch einmal zusammenkommen und vielleicht von ihr umarmt zu werden – eigentlich unvorstellbar. Schon die Vorstellung löst Widerwillen bei ihm aus. Wie anders hat sich doch Yung für ihn eingesetzt! Nein, eigentlich braucht er keine neue Mutter, schon gar nicht so eine.
Deborah hat von alledem nichts mitgekommen, weil sie mit ihrem Mann Li Sun auf dem oberen Maisfeld ge-

arbeitet hat. Als sie verschwitzt und ziemlich schmutzig zur Mission herunterkommen, überschlagen sich die Neuigkeiten. „Deine Schwester Lui Shen war hier. Sie ist eine Funktionärin der Kommunisten und hat uns erklärt, dass wir die Gelbsteinlagune schließen müssen. Alles wird von den Roten Garden übernommen und die Schwestern mit Orlando müssen sogar China verlassen. Und das Verrückteste, sie ist anscheinend die Mutter von Josef. Yung hat uns ja erzählt, dass sie ein Kind von den Kommunisten in die Hand gedrückt bekam, dem sie den Namen Josef geben sollte. Sie hat Lui Shen auch wiedererkannt."

„Was, lebt die rote Krähe also doch noch? Und nun wird sie auch noch zur Totengräberin für uns hier in Hwangshihkang. Was haben wir nicht alles geopfert? Wir haben unsere Gesundheit aufs Spiel gesetzt, haben Flucht, Todesängste und Hunger erduldet, andere sind gestorben – und sie macht bei den Kommunisten dumme Sprüche und kommt her, um alles zu zerstören."

„Aber", gibt Yung vorsichtig zu bedenken, „sie ist doch Li Nans Tochter und deine Schwester. Auch wenn sie einen Affengeist hat, sie bleibt doch die Tochter ihrer Mutter – und welche Mutter hat nicht ein erbarmendes Herz?" Schwester Montancia ergänzt: „Sie war es ja gar nicht, die uns das Ende angedroht hat, sondern dieser Uniformierte. Vielleicht kann deine Tochter noch irgendetwas für uns erreichen."

„Möge es Gott richten", sagt Deborah und geht an den Brunnen, um sich zu säubern.

Ratlosigkeit und aufgewühlte Gefühle bleiben zurück. „Lasst uns in die Kirche gehen, wir werden die Heilige Mutter bitten, uns beizustehen. Hier sind unsere menschlichen Möglichkeiten am Ende."

Deborah fällt es echt schwer zu beten. Der Groll über

Lui Shen, ihre Schwester, sitzt einfach zu tief. Am Ende ist sie ein Rädchen im Getriebe, das der Mission und dem Christentum in China ein Ende bereiten will. Was hat sie nur geritten?

Nach vielen Gebeten und Tränen stimmt Schwester Aloysia ein Lied an, was sie sonst nur bei der Weihe von neuen Schwestern oder an hohen Festtagen singen, wenn sie ihre Gelübde als Gottesbräute dem Bräutigam Jesus gegenüber erneuern:

„Jesu Herz, in deinem Streit
stehn wir kämpfend dir zur Seit';
Herz voll Lieb im Glorienschein,
dein lass unsre Herzen sein.
Drum geloben wir aufs Neue,
Jesu Herz, dir ew'ge Treue."

Lui Shen darf nicht wieder mit zur Gelbsteinlagune und sie wird sich hüten, dagegen zu protestieren. Heimlich schleicht sie sich in einer Nacht aus dem Hauptquartier und versucht, den Bootsführer mit viel Geld zu überreden, sie zur Gelbsteinlagune zu fahren. Aber der weigert sich zunächst, weil ihm dafür eine hohe Strafe droht. Erst mit viel Überzeugungskraft kann sie ihn dazu bewegen zu schweigen, sie nicht zu verraten und loszufahren. Als sie am Landungssteg ankommen, schlägt der Hund an, den sie hier seit einiger Zeit als Wachhund besitzen. Er schreckt Lui Shen nicht ab, aber die Bewohner der Mission sind gewarnt und geweckt. Li Sun verlässt sein Lager und kommt auf den Kreuzplatz. Er sieht eine einzelne Person die Stufen hochkommen, begleitet vom Gekläff des Hundes. „Ich bin Lui Shen, die Tochter von Lui Nan, kann ich meine Mutter sprechen?" Das Treffen ist bald arrangiert und die beiden Frauen stehen unschlüssig voreinander.

„Mutter, ich möchte dir so viel erzählen. Du wirst nicht alles verstehen, aber glaube mir, ich habe immer Sehnsucht gehabt nach dir, nach den Schwestern, nach Orlando und auch nach Deborah, mit der ich so im Streit auseinandergegangen bin. Als ich kürzlich bei euch war, lag so ein Frieden über diesem Anwesen am Fluss, das war wie ein Stück Himmel auf Erden. Es tut mir auch leid, bitte glaube es mir, sehr leid, dass ihr das alles aufgeben müsst."
„Lui Shen, ach was bin ich froh, dass du lebst. Ich denke, du hast viel durchgemacht, und dass du jetzt für die Kommunisten arbeitest, ist sicher nicht deine Schuld."
„O doch, ich bin schon überzeugt, dass die Gesellschaftsordnung geändert werden muss, aber wie sich das jetzt entwickelt, das war nicht von mir und vielen anderen Aktivisten so gewollt."
Ihre Augen haben sich längt an das Dunkel gewöhnt und sie kommen sich mit ihren Gesichtern ganz nahe. Beider Augen sind so von Sehnsucht und Liebe erfüllt, dass sie sich schließlich weinend in den Armen liegen. Die Tränen fließen, als ob sie nur auf diesen Moment gewartet hätten. Immer wenn eine die Umarmung lockern will, klammert die andere sich fester an, als hätten sie sehr viel, sehr viel nachzuholen.
„Du hast bei deiner Abfahrt vorgestern nach einem Josef gefragt. Wen meinst du damit?"
„Ich habe einen Sohn, den ich in Jiangxi geboren habe, als der ‚Lange Marsch' begann. Es war verboten, Kinder mitzunehmen und so sollte ich meinen Sohn töten."
„Das ist doch entsetzlich", stößt die Mutter hervor. „Ist das die neue Moral der Kommunisten? Gilt da ein Menschenleben nichts mehr?"
„Nein, es war eine Zwangsmaßnahme, aber ich konnte nicht – du weißt ja, wie das ist, wenn man ein Kind hat

– und da habe ich meinen süßen Jungen einem Ehepaar in die Hand gedrückt, die jeden Tag frische Milch in unser Lager brachten. Sie haben sich lange gesträubt, sodass ich schon dachte, sie werden ihn bald irgendwo aussetzen oder den Wildtieren überlassen. Doch wenn er überlebte, wie sollte ich ihn jemals wiederfinden? Da fiel mir ein, dass Maria aus der Bibel ja einen Mann hatte, der Josef hieß. Es wird wohl kaum im taoistischen oder kommunistischen China ein Junge Josef genannt werden. Vielleicht führt mich dieser ungewöhnliche Name eines Tages zu meinem Sohn zurück."
„Du wirst dich wundern, aber wir haben hier einen Jungen, der mit seiner Pflegemutter aus Jiangxi gekommen ist und der Josef heißt. Er ist jetzt 15 Jahre alt."
„Nein", ruft Lui Shen etwas zu laut aus, „dann ist das mein Sohn, mein Josef! Kannst du ihn holen?"
Lui Nan geht zurück ins Haus. Zuerst muss sie Yung wecken, um zu erfahren, wo Josef schläft. Beide Frauen gehen in die Ecke, wo er auf einer Strohmatte liegt. „Josef, aufwachen! Wir haben eine Überraschung für dich: Deine Mutter ist heimlich zurückgekommen. Sie möchte dich sehen." Er braucht etwas Zeit, um die Situation zu verstehen. „Komm schnell, steh auf und komm runter, sie will dich sehen."
„Aber ich will sie nicht sehen. Ich habe mit der Frau nichts zu tun, lasst mich schlafen." Damit dreht er sich zur Seite und scheint entschlossen zu sein, sich auf keinen Fall nach unten zu begeben. Aber das kann Lui Nan ihrer Tochter nicht antun. Sie weiß, wie schmerzlich das sein kann, wenn ein Kind – selbst wenn es 15 Jahre nicht ihr Kind war – die eigene Mutter ablehnt. So erfindet sie für Lui Shen eine Lüge: „Er ist nicht auf seiner Matte. Er geht öfters in der Nacht hinaus, Tiere beobachten oder die Sterne erforschen."

Es wird Zeit, sie muss zurück. „Wenn ich unentdeckt bleibe und der Bootsmann mich nicht verrät, dann komme ich in drei Tagen wieder. Vielleicht könnt ihr Josef sagen, dass er dann im Haus sein soll." Als sie unten am Schiff ist, ruft sie noch einmal in alle Richtungen „Josef", aber nur einige Nachtvögel zwitschern, sogar der Hund hat sich an die Besucherin gewöhnt und schweigt.

Es gibt keinen weiteren Besuch von Lui Shen.
Der Glatzkopf kommt mit bewaffneten Regierungsvertretern, tritt gebieterisch auf und ist ungehalten, dass sich in der Mission noch nicht alle zum Abmarsch bereithalten. Einige Soldaten setzen um das Gelände rote Fahnen, welche nun den neuen Besitzer verkünden. Orlando, gestützt auf einen Stock und flankiert von vier Schwestern, stellt sich dem Kommandanten in den Weg. „Wir gehen erst, wenn Sie uns sagen, was mit den Kindern und den Kranken geschieht. Wir lassen unsere Schutzbefohlenen nicht einfach so im Stich."
„Das hat euch gar nicht zu interessieren. Sie sind ja nicht euer Eigentum. Lange genug habt ihr die Kinder mit eurem abergläubigen Gift geimpft, damit ist jetzt Schluss. Die Kinder sind die Zukunft unseres Volkes und die werden wir bilden, erziehen und zu guten Kommunisten machen."
„Bringt ihr sie weg oder können die Kinder in ihrer gewohnten Umgebung bleiben?"
Abfällig schaut der Anführer den Pater und die Schwestern an: „Das interessiert euch nicht, hier habt ihr nichts mehr zu sagen. Packt eure Sachen und nächste Woche seid ihr weg, verstanden?"
„Wir werden nicht gehen, wenn nicht geklärt ist, was mit den Kindern geschieht", wagt Orlando zu antwor-

ten. Der Glatzkopf läuft rot an im Gesicht und greift nach seiner Pistole. Ein jüngerer Begleiter hält ihn zurück und sagt: „Kommandant Zhusi, keine unbedachten Reaktionen. Wir sind nicht mehr im Bürgerkrieg, wir sind jetzt die Regierung. Wir sind im Recht und werden unser Recht durchsetzen." Und zu den Ordensleuten gewandt: „Verlasst euch drauf!"

Orlando und den Schwestern ist klar, dass es keine Alternative gibt. Sie müssen Hwangshihkang und das Land ihrer Berufung verlassen. Jeder Gang über den Platz, jedes Streicheln eines Kinderkopfes, jeder lieb gewordene Gegenstand in Kirche, Küche und Büro lassen sie wehmütig an den nahen Abschied denken. Sie versorgen die Kranken, so gut es geht, und schicken sie nach Hause. Zwei ältere Patienten werden von Deborahs Mann und Tsen in einem Korb in ihre Dörfer getragen. Die Missionsleitung in Shanghai schickt eine Botschaft und bittet auch dringend darum, dass sich die Ordensleute nach Shanghai begeben. Dort stehen Schiffe bereit, welche die Ausländer außer Landes bringen werden.

Nie zuvor ist Orlando so widerstrebend auf ein Schiff gegangen. Dieses riesige Transportschiff ist zur Beförderung von Personen umgebaut worden. Kein Luxusliner, kein Ausflugsdampfer, keine Großfähre – ein Stahlkoloss, der fast 780 Missionare, Nonnen, Lehrer, Ärzte und Krankenschwestern von China wegbringt. In einem ehemaligen Laderaum gibt es primitive Abtrennungen, sie sollen Kabinen darstellen. Feldbetten und notdürftig gezimmerte Toiletten sind die ganze Einrichtung. Schon die Toiletten sind eine Zumutung. Täglich mehrfach müssen die Eimer nach oben getragen und über die Reling entleert werden. Das Wasser für die Körperpflege befindet sich in ehemaligen Öltanks. Es stinkt schon nach einer Woche ekelerregend, sodass man es schließlich vorzieht, sich lediglich mit dem knapp bemessenen Trinkwasser und billigem Parfüm abzutupfen. Aber es sind nicht die Umstände, die Orlando traurig machen, er lässt ein großes Stück seines Lebens und ein noch größeres seines Herzens zurück.

Es ist ein Schiff der Traurigkeit. Träge quält sich der schwarze Rauch aus dem Schornstein, ehe er von Windböen aufgewirbelt und zerteilt wird. Das Klopfen der Dampfmaschinen des altersschwachen Rostkahns ist auf dem ganzen Schiff zu hören. Was nicht doppelt vernietet ist, vibriert, und wenn man sich auf den Boden aus Blech stellt, hat man durch das Zittern den Eindruck, die Füße schlafen ein und werden taub.

Deprimiert und traurig sind auch die Passagiere. Siebenhundertachtzig Lebensschicksale mit einer ungewissen Zukunft. Menschen, die ihren Lebensinhalt verloren haben. Ganze Familien mit Kindern, verstörte Kinder, die noch nie etwas anderes sahen und erlebten als China.

Orlando wird begleitet von Linda, Clementina, Montancia und vier Novizinnen, die im Mutterhaus in Luxemburg ihre Profess ablegen sollen – völlig unklar, ob sie China als den Ort ihrer Berufung wiedersehen werden. Clara und Theodora sind den Märtyrertod gestorben, Evangelista und zwei weitere Nonnen hat eine Seuche dahingerafft. Eunike ist mit den fünf chinesischen Schwestern untergetaucht und sie werden später nach Taiwan gehen, um dort unter den Chinesen weiter als Missionarinnen und Schwestern zu arbeiten. Orlando und die drei Schwestern, die mit ihm vor 46 Jahren

nach Han Yang kamen, sind zu alt, um noch einmal eine neue Berufung anzunehmen. Müde und ausgelaugt, enttäuscht und verzagt geht es zurück in die Heimat.
Orlando ist oft oben an der Reling, er braucht frische Luft. Langsam verschwindet das Land im nebligen Horizont. Er steht neben einem Ehepaar. Die Frau hat Tränen in den Augen, ihr Mann versucht sie stumm zu trösten, indem er ihr den Arm um die Schultern legt. Orlando denkt, es ist sicher gut, wenn wir miteinander reden und unseren Kummer einander mitteilen. „Wenn die Traurigkeit auf Einsamkeit trifft, ist der Tod nicht mehr weit" hat er vor Jahren einmal in einer chinesischen Spruchsammlung gelesen. „Wo waren Sie eingesetzt?", fragt Orlando vorsichtig. „Missionsstation Zion", antwortet der Mann, „aber das wird Ihnen nichts sagen. Tausendsiebenhundert Kilometer den Jangtse hinauf, dann dem Qingyi Jiang nach in den Dang Shui. Wir gehören zur Evangelischen Baseler Mission." Er reckt den Kopf zum Land hinüber, als wolle er noch einmal den Duft des fernen Dorfes, der Einsamkeit und der Hoffnung, die sie hatten, einatmen. „Aus dem Nichts haben wir dort eine Anlaufstelle für die Menschen aus den versprengten Dörfern und für die Minderheiten der Xui geschaffen. Eine Krankenstation mit Entbindung, eine Schule, einen Kindergarten, eine Armenküche, Werkstätten und ein wunderschönes Wohnhaus." Dabei legt er wieder den Arm um seine Frau, die sich jetzt das erste Mal Orlando zuwendet. Er sieht in ein sorgenvolles Gesicht, die Augen liegen tief in den Höhlen und haben keinen Glanz. Ihre Mundwinkel sind nach unten gezogen und es scheint Orlando, dass ihre linke Gesichtshälfte in Abständen zuckt. „Zwei Kinder haben wir dort begraben, eine Flut, drei Überfälle überstanden, Millionen

von Moskitos haben uns zerstochen und es sind in den ganzen Jahren nur wenige zum christlichen Glauben übergetreten", kommt es bitter von ihr. „Kann denn Gott so grausam sein? Wir haben ihm doch wirklich alles gegeben und er tut nichts. Nichts tut er! Er lässt unser Lebenswerk zerbrechen und straft uns mit Krankheit und Tod."

Ihr Mann sagt nichts, er braucht es auch nicht. Viele auf dem Schiff denken genauso und die Verzweiflung, die viele hier ergriffen hat, ist wie eine Anklage gegen Gott. Auch Orlando will die Frau nicht zurechtweisen, er kann sie ja nur zu gut verstehen. Er beginnt von sich zu erzählen, von den Anfängen in Han Yang, der Flucht vor den Rebellen, dann später vor den Japanern und schließlich vor den Kommunisten, von seiner Geiselhaft und der gesegneten Arbeit in der Gelbsteinlagune. Er berichtet von den Schwestern, den beiden Märtyrerinnen und den treuen Mitarbeitern aus China, die sie gewinnen konnten. „Übrigens, ich bin Pater Orlando, Franziskaner. Ich reise mit dem Rest unserer treuen luxemburgischen Schwestern zurück."

„Ach ja, Entschuldigung, ich habe uns ja auch noch nicht vorgestellt: „Henriette und Ewald Burger aus Lörrach."

„Darf ich Sie einladen, heute 22 Uhr auf Deck drei zu kommen? Wir versammeln uns dort hinter der Kombüse zu einem Abendgebet. Das ist nahe bei den Maschinen, wir müssen da etwas lauter beten, aber vielleicht erhört uns Gott dadurch eher", fügt Orlando mit einem Schmunzeln hinzu.

Der Pater und die drei Ordensfrauen sind bereits da, als das Ehepaar Burger und noch vier weitere Passagiere zum Gebet kommen. Es sind auch zwei weitere Schwestern dabei. „Ich schlage vor, wir verzichten auf

unsere katholische Liturgie", schlägt Orlando vor und ruft Ewald Burger durch das Hämmern der Maschinen zu: „Bitte seien Sie so gut, Sie haben eine laute Stimme, lesen Sie uns bitte Psalm 73 vor!"
Der Angesprochene schlägt seine Bibel auf und beginnt zu lesen:
„Gott ist dennoch Israels Trost für alle,
die reinen Herzens sind.
Ich aber wäre fast gestrauchelt mit meinen Füßen;
mein Tritt wäre beinahe geglitten."
Der Psalm spricht dann von der Erfahrung, wie gut es den Gottlosen geht. Die Versammelten müssen unwillkürlich an den Siegeszug der Kommunisten denken. Doch mit kräftiger Stimme liest Ewald Burger endlich den Schluss des Psalms, der ihnen wieder Mut macht:
„Dennoch bleibe ich stets an dir;
denn du hältst mich bei meiner rechten Hand,
du leitest mich nach deinem Rat
und nimmst mich am Ende mit Ehren an.
Das ist meine Freude, dass ich mich zu Gott halte
und meine Zuversicht setze auf Gott, den Herrn,
dass ich verkündige all dein Tun."
„Amen", kommt es von mehreren Passagieren. Schwester Lina beginnt den international bekannten Choral zu singen: „Lobe den Herren, den mächtigen König der Ehren." Einige stimmen ein und der Gesang wird lauter und lauter. Alle sind berührt. Die Situation ist alles andere als ein Grund zum Danken, aber das Danklied verändert die Situation – und verändert auch die Menschen, die es singen.
Die beiden Ordensfrauen kommen auf die Luxemburger zu und jetzt ist auch zu erkennen, dass sie ebenfalls Franziskanerinnen sind.
„Nein, was für ein Zufall", entfährt es Orlando.

„Nein, ich meine eher eine göttliche Fügung in schwieriger Zeit. Pater Orlando, wenn mich nicht alles täuscht?"

„Oh, Entschuldigung, wir kennen uns?"

„Ich denke doch", antwortet die Schwester, „ich war für wenige Wochen in Hwangshihkang und bin dann mit Schwester Euphrasia nach Wei-Hai-Wei in Shandong gegangen."

„Ach ja, natürlich, ich entsinne mich." Pater Orlando ist es peinlich, dass er sich eben nicht mehr richtig erinnern kann. „Verstehen Sie, verehrte Schwester in Christus, es waren damals so bewegte Zeiten. Wir waren ständig in Angst vor den Banditen und den Kommunisten, oft mussten wir nicht nur die Kinder schützen, sondern auch unsere Frauen. Für die Banditen war ja nicht einmal eine Nonne heilig und unantastbar."

„Ja, und Sie, verehrter Pater, haben mich damals, als eine Horde Kommunisten kam, in Ihrem Bett versteckt. Sie sagten, das wäre ein sicheres Versteck, da die Banditen niemals daran denken würden, dass ein Priester eine Frau im Bett haben könnte. Oh, war mir das unangenehm, aber es hat mich gerettet."

Jetzt muss auch Orlando lachen, denn die Szene ist auch ihm noch in Erinnerung. „Und wie ging es dann in Wei-Hai-Wei? Ich hörte, der Anfang war ziemlich schwer?"

„Wir begannen zuerst mit der Arbeit an den Typhuskranken. Daran sind gleich zwei der neu geweihten Schwestern gestorben. Wenige Monate nach ihrem begeisterten Start hat sie die Krankheit dahingerafft – Märtyrer der Liebe. Zur Verstärkung kamen drei Schwestern von den Sächsischen Franziskanerinnen. Die waren sehr mutig, in dieses gefährliche Gebiet zu gehen, aber sie haben uns mit ihrem sächsischen Humor wieder neue Hoffnung gegeben. Mutter Euphrasia hat dann ein Haus mieten können und wir haben mit der stationären Arbeit begonnen: Wir haben uns um Waisenkinder gekümmert, Schulunterricht für Jungen und Mädchen gegeben, eine Krankenstation und ein Kinderdorf betrieben. Schließlich war das Katechumenat, die Mission, unsere Hauptaufgabe. Viele Heiden kamen zum Glauben und wir haben sogar mit einem Noviziat begonnen, was aber 1945 nach Shanghai verlegt wurde. Eine wirklich blühende Arbeit, die wir nun dem Kommunismus überlassen müssen."

„Das ist sehr freundlich ausgedrückt", meint die andere Schwester. „Die Kommunisten werden alles plattmachen. Die herrlich luftigen Räume mit dem Blick aufs Meer, die werden sie nutzen, aber die Arbeit mit Kranken, Behinderten und Waisen, das ist nicht ihre Stärke. O Herr, erbarme dich! Heiligste Mutter Maria, tritt für die armen Seelen der von uns Verlassenen ein."

„Wie viele Missionare und Schwestern mussten gehen?"

„Drei Paters, 16 Nonnen, zwölf Lehrerinnen und Lehrer. Zwei chinesische Nonnen haben ihre Kleidung versteckt, kleiden sich wieder zivil und versuchen aus dem Untergrund die Arbeit irgendwie weiterzumachen." Die erste Schwester ergänzt: „Wir können uns nicht verkleiden, uns wird man immer ansehen, dass wir Ausländer sind, und uns werden sie jagen, bis sie uns unschädlich gemacht haben. Wir haben fünf Schwestern in China verloren – das ist genug." Die andere sächsische Nonne sagt: „All das Leid und die Tyrannei sind der Beweis, dass unsere Welt einen Erlöser braucht."

Glossar

Gan bei	Trinkspruch, wörtlich: „Trink aus!"
Guomindang	Armee der Republik China unter Führung von Chiang Kai-shek. Nach dem Sieg der Kommunisten 1949 ist er mit der Guomindang-Truppe nach Taiwan geflohen.
Hwang-dsiu	Gelbwein aus Hirse, bitterer Schnaps
Jiangxi-Sowjet	Versuch, einen nach sowjetischem Vorbild geführten Ministaat zu gründen
Käsch	Geldeinheit, Kupfergeld für den alltäglichen Umgang
Langer Marsch	Flucht von 80.000 chinesischen Kommunisten vor den Truppen der Nationalisten (Guomindang unter Chiang Kai-shek)
Mandarin	kaiserlicher Zivilbeamter, der die Verwaltung und manchmal auch im Militär die Verwaltung sicherstellte.
Mao Zedong	1893–1976, diktatorisch regierender Führer der Kommunisten in China, später Staatspräsident.
Sapeke	kleinste Geldeinheit
Schwurbund	auch Tongmenghui genannt. Ein Geheimbund, der 1905 von Dr. Sun-Yat-Sen gegründet wurde, um China zu einer Republik zu machen

Taoismus	auch Daoismuns, ursprüngliche Religion in China. „Lehre des Weges", Begründer Laozi (4. Jh. vor Christus), wichtige Werte sind Gelassenheit und Achtsamkeit
Zhou En-lai	1898–1976 wichtiger Führer der Kommunistischen Partei, Gefährte von Mao, später Ministerpräsident

Zeittafel zu Chinas Geschichte 1840–1949

1840–42	1. Opiumkrieg
1856–58	2. Opiumkrieg
1861	Kaiserin Cixi übernimmt die Regierung
1900	Boxeraufstand
1908	Kaiserin Cixi stirbt, der minderjährige Puyi übernimmt den Kaiserthron
1911	Revolution unter Sun-Yat-sen, China wird Republik
1919	4.-Mai-Bewegung: Protest gegen den Versailler Vertrag
1921	Gründung der Kommunistischen Partei Chinas in Shanghai
1925	Sun Yat-sen stirbt, landesweite Streiks
1931	Japan besetzt die Mandschurei
1934/35	Langer Marsch der KP Chinas unter Führung von Mao Zedong
1937	japanischer Angriff auf China
1946–49	chinesischer Bürgerkrieg
1949	1. Oktober: Gründung der Volksrepublik China, Chiang Kai-shek flieht mit der Guomindang nach Taiwan

Personen im Roman

Lui Nan	Mutter
Lui Shen	erste Tochter von Lui Nan
Deborah	zweite Tochter von Lui Nan
Orlando	Pater
Tsen	Diener von Orlando
Clara/Lina/ Montancia/ Theodora/ Clementina/Eurike Sophia/Martha/ Benedicta/ Euphrasia/Selesia	Schwestern Besuch aus Luxemburg
Papst Pius XI.	259. Papst von 1922 bis 1939
Ko	Rebellenführer
Nie	Entendieb
Mao Zedong	Kommunistenführer
Zhou En-lai	Kommunistenführer
Guomindang	Regierungstruppe Nationalchinas
Chiang Kai-shek	Führer der Guomindang
Jirong	Truppenführer der Kommunisten
Josef	Sohn von Lui Shen
Yung	Adoptivmutter von Josef
Markus	Priester, ehemaliges Findelkind
Li Sun	Mann von Deborah
Marie Aini	Tochter von Deborah
Tsao	Sohn von Deborah
Zhusi	Kommandant der neuen Regierung

1 Start des Langen Marsches in der Provinz Jiangxi
2 Ziel des Langen Marsches: Yan'an im Norden
  der Provinz Shaanxi
3 Das Stahlwerk und die Franziskanermission in
  Hankou (Band 1)
4 Hwangshihkang bzw. die Gelbsteinlagune (fiktiv)
5 Fluss „Rotes Wasser" (fiktiv)

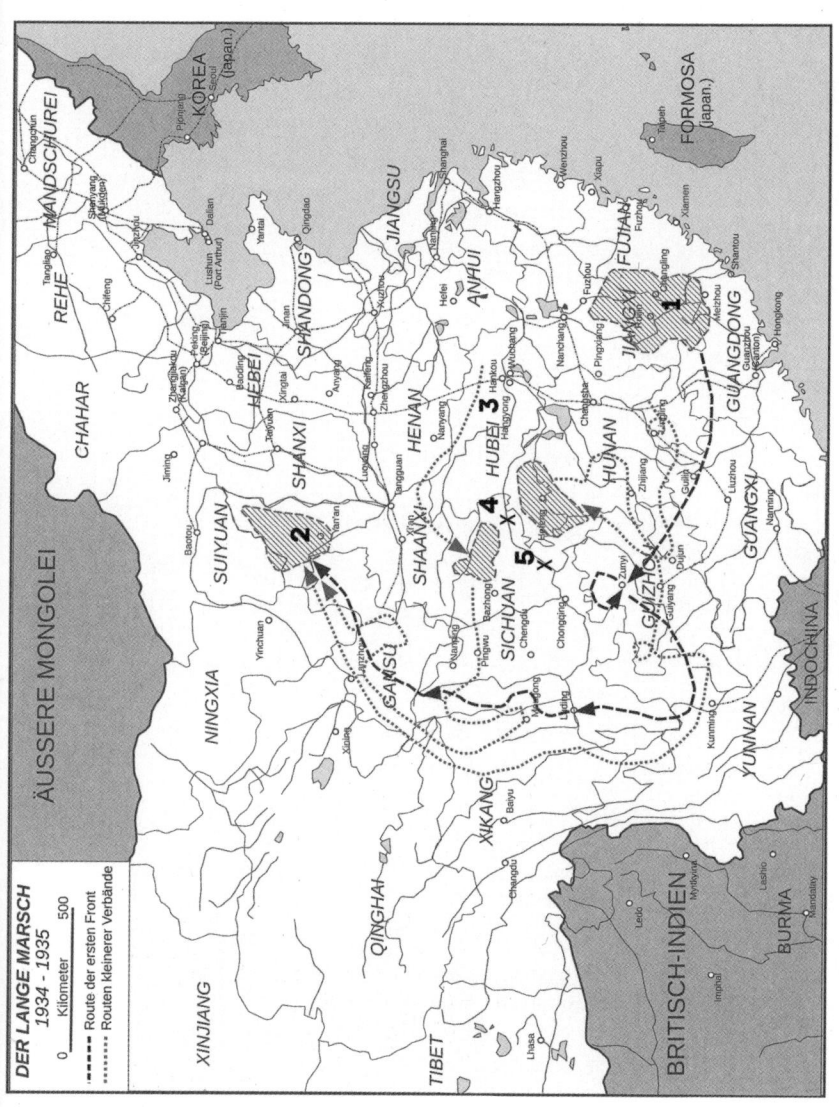

Bearbeitung: Jürgen Berwing, Emden

Literatur

Mutter Gregoria, Im chinesischen Hexenkessel. Missionsfahrt der Luxemburger Franziskanerinnen 1929/1930, Luxemburg 1931.

Albrecht Kaul, Bambus im Wind, Gießen 2012.

Anthony S. K. Lam, The Catholic Church in Present-Day China, Leuven 1997.

Elisabeth Schmitz, The Hospital Sisters of St. Francis in China, Springfield, Illinois 1999.

Friedrich Schmoll, Wetterleuchten. Als Missionar in China von 1902 bis 1923, Ammersbek bei Hamburg 1990.

Kai Vogelsang, Geschichte Chinas, Stuttgart 2012.

Liao Yiwu, Gott ist rot: Geschichten aus dem Untergrund – Verfolgte Christen in China, Frankfurt a. M. 2014.

Archivmaterial aus den Franziskanerklöstern in Luxemburg und Münster.

Informationsmaterial über Eugen Ruppert (Iron & Steel) von Dr. Robert Philippart, Luxemburg.

Band 1 der Familiensaga

2. Auflage

Albrecht Kaul
Die verschollene Tochter
Eine Familiensaga aus dem China
des vorigen Jahrhunderts

192 Seiten, 12,5 x 19,5 cm, gebunden
ISBN 978-3-7462-6519-3

Ein winziges Dorf in Zentralchina am Jangtsekiang, 1901: Lui Nan lebt in bitterster Armut; eine Überschwemmung hat den wenigen Besitz weggespült. Und sie ist schwanger. Hilfe findet sie in einer Missionsstation der Franziskanerinnen. Als Lui Nan ihr zweites Kind zur Welt bringt – wieder »nur« ein Mädchen – fürchtet sie den Zorn ihres Mannes und tut das Undenkbare: Sie lässt ihre Tochter in der Missionsstation zurück. Doch die gesellschaftlichen Umbrüche der nächsten Jahre beenden nicht nur das Kaiserreich in China, sondern bergen auch eine neue Chance für Lui Nan und ihre Töchter. Ein dramatischer Roman voller Schicksalsschläge.

Albrecht Kaul, geb. 1944, Diakon, zunächst Jugendwart im Kirchenkreis Zwickau, später Landeswart für ganz Sachsen, 1995–2009 stellvertretender Generalsekretär des CVJM-Gesamtverbands in Deutschland, ab 2009 Chinabeauftragter des CVJM, häufige Reisen nach China mit vielen Kontakten zu christlichen Gemeinden, veröffentlichte mehrere Romane und Reiseberichte über China.

Bibliografische Information der Deutschen Nationalbibliothek
Die Deutsche Nationalbibliothek verzeichnet diese Publikation
in der Deutschen Nationalbibliografie; detaillierte bibliografische
Daten sind im Internet unter http://dnb.d-nb.de abrufbar.

Besuchen Sie uns im Internet:
www.st-benno.de

Gern informieren wir Sie unverbindlich und aktuell auch
in unserem Newsletter zum Verlagsprogramm,
zu Neuerscheinungen und Aktionen.
Einfach anmelden unter www.vivat.de.

ISBN 978-3-7462-6670-1

© 1. Auflage 2025 St. Benno Verlag GmbH, Leipzig, Stammerstr. 9–11,
04159 Leipzig, service@st-benno.de
Alle Rechte vorbehalten. Das Werk darf – auch teilweise – nur mit
Genehmigung des Verlags wiedergegeben werden.

Umschlaggestaltung: Karen Münch-Thornton, München
Umschlagmotiv: © ABCDStock/Shutterstock (Landschaft),
© Oakland Images/Shutterstock (Porträt)
Gesamtherstellung: Kontext, Dresden (A)